Espiral de Artillería

Ignacio Padilla

ESPIRAL DE ARTILLERÍA

ESPASA

Diseño de la colección: Tasmanias
Ilustración de portada: Fernando Vicente
Foto del autor: archivo Espasa Calpe
Realización de portada: Ángel Sanz Martín

© 2003, Ignacio Padilla
© 2003, Espasa Calpe, S. A. – Madrid, España

Reimpresión exclusiva para México de
Editorial Planeta Mexicana, S.A. de C.V.
Avenida Insurgentes Sur núm. 1898, piso 11
Colonia Florida, 01030 México, D.F.

Primera reimpresión (México): enero del 2004
ISBN: 968-413-435-5

ISBN: 84-670-1265-X (España)

Impreso en los talleres de Litográfica Ingramex, S.A. de C.V.
Centeno núm. 162, colonia Granjas Esmeralda, México, D.F.
Impreso y hecho en México - *Printed and made in Mexico*

www.editorialplaneta.com.mx

CALIDAD
ISO 9000
CERTIFICADA
Certificado No. 02-2082

Para Gloria Carnevali y Enrique Wulff,
que arponearon al Leviatán

If I were engaged in any high undertaking or design, fraught with extensive utility to my fellow-creatures, then could I live to fulfil it. But such is not my destiny; I must pursue and destroy the being to whom I gave existence; then my lot on earth will be fulfilled, and I may die.

MARY SHELLEY, *Frankenstein*

ÍNDICE

I. LA BONDAD
DE LOS EXTRAÑOS

Sólo ayer recibí una carta que Marja debió de enviarme hace muchos años, cuando aún le interesaban las mentiras que pudiera yo decirle para convencerla de mi inocencia. Como de costumbre, el guardia de turno me entregó el sobre abierto y sin siquiera disculparse por la lentitud de sus oficios. Aun antes de leerla supe que era de ella y que la había enviado desde el puerto de Malombrosa. Me bastó intuirlo para que el ánimo me estallase como si me hubiese tragado una granada de mano. De repente me sentí una eternidad más viejo, cautivo entre recuerdos indeseados que conjugaban mi general rechazo a las ciudades portuarias con la invocación de una serie de acontecimientos que en ese lugar marcaron mi existencia de una manera tan radical como inesperada.

En aquel tiempo, Malombrosa distaba mucho de asemejarse a la agitada ciudad mercante donde Marja, tantos años después, me escribiría esa carta cargada de reproches. Era más bien un rencor fósil, la calavera monda de lo que fuera la mayor base naval de nuestra historia, reducida para entonces a un inmenso cementerio de submarinos donde incluso el atún fresco tenía un indeleble olor a combustible diesel. Transitar por sus calles y galpones exigía una descomunal fuerza de voluntad para no arrojarse de cabeza al mar. En ese puerto de espanto a uno no le quedaba más remedio que consolarse pensando que nada podía durar mucho en un lugar como aquél, donde el salitre, el óxido y el viento ártico conspiraban para degradarlo todo tan aprisa como fuera posible.

Desde el momento en que respiré por vez primera el aire enrarecido de Malombrosa, maldije en lo más hondo la inexorable cadena de circunstancias que me habían llevado ahí. Hasta ese día, mis pasos se habían regido por la inercia, y mis desplazamientos habían sido mínimos, confusamente sostenidos en algo que hoy sólo alcanzo a definir como una intensa voluntad de huida. Esa mañana, en cambio, las cosas apuntaban en otra dirección: aunque yo mismo me negara aún a reconocerlo, sabía que aquel viaje no era solamente una fuga, sino que tenía además el propósito de honrar la última voluntad de un comisario de policía al que apenas conocí, pero a quien en cierto modo debía el dudoso favor de seguir con vida. Lejos estaba yo aún de saber qué haría con el legado del comisario Magoian cuando hallase a la Leoparda, pero ahora al menos tenía en esa mujer un motivo suficiente para haber emprendido aquella infame odisea como si en ello me jugase la salvación eterna.

No quiero decir con esto que la relativa claridad de mis razones haya hecho más llevadero mi viaje a Malombrosa. Pocas cosas tenía yo a esas alturas que me aseguraran el éxito de una misión que mi torpeza me había impuesto. Muerto el comisario Dertz Magoian, no me quedaba otra cosa para seguir adelante que su referencia beoda a la Leoparda y mi escaso conocimiento de aquel puerto remoto cuyo solo nombre rezumaba una idea inequívoca de tránsito y mal agüero. Recuerdo claramente que, en uno de los primeros retenes que tuve que pasar en mi largo camino hacia el norte, el oficial encargado de sellar mi salvoconducto me preguntó qué diablos había perdido un hombre como yo en un lugar como Malombrosa. No supe responderle: tan abrupta había sido mi partida tras la muerte del comisario Magoian, que ni siquiera había tenido el cuidado de imaginar un pretexto convincente para recorrer los miles de kilómetros que median entre la capital del país y un lugar tan yermo como aquél.

De haber sido otras las circunstancias de mi viaje, es probable que semejante falta de previsión hubiera complicado seriamente mis planes de hallar refugio en Malombrosa. A esas alturas, no obstante, las cosas en el país estaban ya tan revueltas que prácticamente ningún guardia fronterizo o funcionario del Partido habrían podido detenerse a indagar con la minucia de antaño las razones de nadie para realizar un determinado acto. Después de todo, los mismos hechos que habían desencadenado mi partida intempestiva y la muerte del comisario Magoian, habían despertado también en el país a la serpiente del caos. De unas semanas para acá, se diría que el mundo había iniciado una suerte de reacomodo que incluía el desplazamiento de miles de personas a lugares en verdad apartados. La confusión, la incertidumbre y el terror a la acentuada represión de las autoridades empujaban a sombrías multitudes fuera del mapa de la historia: hacia el mar, el desierto o las montañas, tan lejos como fuera posible del centro de aquella nación sin rumbo que parecía a punto de desintegrarse en un cataclismo escatológico para el que nadie estaba preparado.

Partir a toda costa, dejar de estar donde siempre se había estado. Aquéllas habían pasado a ser las únicas órdenes válidas cuando tomé el tren hacia Malombrosa. Con los últimos golpes de Eliah Bac y sus conspiradores habían comenzado a tambalearse las normas que durante años se nos había enseñado a obedecer: la grandeza incuestionable de la Revolución, la infalibilidad de nuestros jueces, la reciedumbre de nuestros héroes, en fin, la falsificación organizada de una realidad que había sido construida para encajar a la perfección con las ideas del Partido y de su líder vitalicio. Durante décadas habíamos vivido de la imposición forzosa de un sustituto empírico de la verdad, habíamos creído en una mentira tan repetida que había pasado a convertirse en el centro de nuestro sistema moral. Pero ahora que nuestros aliados habían decidido abandonarnos en el pantano de nuestra suerte, ahora que se anunciaba un cambio que sin embargo parecía inviable mientras el Gran Brigadier insistiera en defenderse como una bestia herida, nos movíamos solamente en el vacío, revoloteábamos como moscardones contra un ventanal en el que apenas alcanzábamos a ver reflejada nuestra miseria colectiva: hordas de desgraciados que mendigaban junto a trenes arbitrariamente lentos, rumores contradictorios del éxito o el fracaso de una insurrección que no estábamos seguros de entender, edificios plagados de ratas, montones de chatarra al borde de caminos donde aún se distinguían las consignas deslavadas de la Gran Flota del Norte. Por doquier nos desbordaban ruinas y quebrantos, miradas de sospecha que parecían siempre encajadas en el rabillo de nuestros sueños, agazapadas, aguardándonos en uno de esos lugares distantes o de plano inaccesibles que para mí se resumían en el nombre de Malombrosa, pero que bien podrían llamarse de cualquier otra manera.

Renace en mi memoria el asombro del mar entre las láminas de un tren maltrecho. Olvido mi celda y atisbo por un hueco del pasado el puerto de Malombrosa; veo sus barcos varados en el muelle, su hueste de barcos truncos utilizados ahora para llevar legumbres a ciudades situadas en el confín del mar. Veo el reactor desollado de un submarino atómico que cierto capitán compasivo conectó a las casas del pueblo para que sus habitantes tuviesen algo de calor y luz en el invierno. Lo veo todo con los ojos de entonces y percibo asimismo el espantajo de mi propio cuerpo, el desgaste que le han acarreado mi larga afición a la ectricina y mi reciente sumisión al miedo. Veo mi ruina desde el instante mismo en que inicié aquel viaje obtuso, y lamento que sólo haya podido conseguir un sitio en un vagón de carga henchido de estibadores y peregrinos ortodoxos que se amontonan sobre un tapiz de paja impregnado de un olor desapacible. En cuanto inicia el bamboleo del tren, un vórtice de lenguas arcanas me atrapa con su poder somnífero. Insultos, ronquidos e imprecaciones hincan sus colmillos en mi ánimo mientras busco algún rincón para inyectarme. Finalmente lo consigo y la ectricina se abre paso por mis venas igual que el tren va acuchillando el paisaje. Ráfagas de polvo solar buscan paso entre las láminas hasta hacer imperdonable la falta de ventilación. De repente temo hallarme en uno de esos trenes que un día de tantos llegan a ciudades de nombre impronunciable cargados de cadáveres: pueblos enteros muertos de asfixia, tribus lívidas que son enterradas con castrense prestancia antes de que nadie pueda reclamar sus cuerpos, sus pertenencias, las cartas de nostalgia que escribieron sospechando acaso el destino negro que les esperaba a la vuelta de la esquina. Me imagino entre ellos y como ellos: narcotizado, inconsciente, soñando aún con ese lugar incierto al que parece que nunca llegaré y al que no termino de dar forma en mi ansiedad.

Poco a poco, sin embargo, puede más el arrullo de la droga que mi horror a morir dormido, de modo que me entrego a un sopor accidentado donde surgen nuevamente las inevitables preguntas y recriminaciones. Sin quererlo voy meciéndome en imágenes recientes que ensamblo con torpeza, tan raudas y abultadas que por segundos tengo la impresión de estar invadiendo los pensamientos de otro hombre. En las márgenes del sueño hago un último esfuerzo por dar sentido a las semanas que precedieron a mi partida, y entonces vuelve a sorprenderme que todo haya ocurrido tan deprisa. Si es verdad lo que dicen los diarios, Eliah Bac y sus conspiradores habrían planeado buena parte de sus golpes a sólo tres casas del hospital en el que trabajé durante varios años, justo encima de un café de mala entraña donde, hasta hace unos meses, me gustaba matar mis tardes y olvidar sin entusiasmo mis rencores. Llegaba casi siempre en el crepúsculo y me marchaba cuando los rostros habían adquirido ya esa sugerencia de ámbar que sucede a la ingesta desmedida de ajenjo, a esa hora en que los agentes de la secreta se dejaban caer por ahí vestidos de paisano, farfullando un argot de ladronzuelos que sólo servía para ponerles en evidencia. Era habitual entonces que los últimos parroquianos se divirtieran a su costa invitándoles a beber hasta dejarlos inermes, incapaces de seguir el hilo de una conversación, no digamos de recordarla al día siguiente, cuando el comisario Dertz Magoian les exigiese denuncias que ellos se verían obligados a inventar para que no asignaran a otros la envidiable misión de emborracharse a expensas de los enemigos del pueblo.

Un lugar conduce a otro, como ocurre con frecuencia en el marasmo de la ectricina: los soplones de la secreta se transforman en viajeros y la penumbra del vagón es de repente el resplandor de un mediodía lejano. Los sonidos que me arrullan se congregan ahora en la voz de mi asistente cuando me anunció que un hombre de la secreta había venido esa mañana al hospital para hacerle unas preguntas que ella estaba segura de haber respondido de la peor manera posible. Mientras hablaba, la mujer se ponía la mano en el pecho y sollozaba jurando por sus muertos que no me había traicionado. Cuando al fin pude convencerla de que no había nada que traicionar, le di instrucciones para que despidiese a mis pacientes de esa tarde, le pedí que rescatase del desván mi único abrigo presentable y me dispuse a acudir a mi inaplazable cita con las autoridades.

Tal como lo imaginaba, en cuanto puse el pie en la calle me abordaron dos sombríos caballeros que formularon al unísono la atenta súplica de que les acompañase para una charla informal con el comisario Dertz Magoian. Que el propio Magoian se ocupase personalmente de interrogar a un civil era algo que incluso entonces debía tomarse con la mayor de las reservas. No obstante, a juzgar por la manera relativamente cordial con que se iban desarrollando las cosas, era de esperar que aquel primer encuentro no se prolongaría demasiado, apenas lo necesario para recordarme que nadie en aquel país al borde del colapso estaba aún exento del donoso escrutinio de la justicia local.

Lo primero que temí mientras era conducido a la comisaría fue que Magoian me preguntase cuándo y por qué razón había pedido mi traslado a una zona tan apartada de la ciudad. No es que hubiera perdido la cuenta de los años que llevaba malviviendo en ese barrio melancólico, simplemente nunca pude ni quise contarlos. Desde el primer momento me había instalado allí como en una burbuja de tiempo donde sólo existía la sistemática repetición de los días, suficientes sin embargo para sobrevivir a una legión de enfermos tan inconstante como la gravedad de sus males. Atendía sin mucho afán pústulas, abortos, intoxicaciones etílicas, cualquier cosa que no exigiese segundas visitas ni más instrumental del que pudiera ofrecer la precaria clínica donde trabajaba. Prefería matar mis horas dormitando en las sesiones del Partido o rondando prostitutas medianamente autorizadas cuyos servicios rara vez solicitaba no por falta de lascivia, sino por miedo a mi siempre fatal propensión a obsesionarme con ciertas mujeres. Con frecuencia me las arreglaba para desaparecer durante horas del hospital, me entregaba a charlas con desconocidos o emprendía con ellos largas partidas de dados cuyo saldo me permitía compensar mi negligencia médica, algunos libros del mercado negro y los honorarios de una enfermera desmemoriada que era no obstante de una eficiencia devastadora mientras sus deberes no sobrepasaran los límites de la jornada.

Por otro lado, más allá de aquellos días intermitentes en un hospital cuyo aspecto encajaba a la perfección con el estado de mi ánimo, más allá de mis diagnósticos sin calendario ni cirugías, el barrio y la ciudad eran para mí seres cretácicos. El mundo de afuera se dilataba tras de mí como una estela en el mar, y mi propia existencia era un lento desplazarse por la cremallera de los años: atrás no quedaba nada, no debía quedar el más leve trazo visible de cuanto había sido de mí antes de llegar a ese barrio, nada que no fuese una turbamulta de imágenes dislocadas que yo mismo procuraba ignorar desde mi marginación de estilita, siempre con el pretexto de que mi afición a la ectricina me estaba volviendo demasiado perezoso para recordar nada. Me regía sobre todo lo que no me interesaba, mis deseos eran mezquinos y mi mayor obsesión era no tener ninguna, por más que en tardes como aquélla, debo reconocerlo, cierta leve pesadilla amenazara con salir a la luz sin que yo pudiese hacer nada para remediarlo.

Aunque nunca le había visto, sabía tanto del comisario Magoian cuanto puede conocer una grey dispersa sobre el único párroco de la región. Celebrado universalmente como ejemplo de un sistema policial cada vez más desgastado, Magoian era un oscuro funcionario de

provincias que llevaba algunos meses alimentando con
órdenes rancias el anémico prestigio de una oficina
otrora dirigida por legítimos verdugos. Decían los en-
tendidos que, en su juventud, el comisario había admi-
nistrado con mano de hierro una importante red peni-
tenciaria en las marcas orientales, de cuyo mando había
sido relevado por enredarse con la hija de un alto oficial
de la Octava Región Militar. Como si él mismo se empe-
ñase en desacreditar su leyenda, ahora no se le conocían medallas, amigos ni amantes, y desde las ocho de
la mañana se le podía ver en la comisaría devorando un
lacónico potaje de cordero que acompañaba religiosa-
mente con una ensaladilla de col agria. Meses después
de conocernos, sus hombres le hallaron colgado de una
viga de la que antes pendía sólo una bombilla eterna-
mente reventada. En el forro de su abrigo descubrieron
una carta entre obscena y amorosa de cuyo destinata-
rio nunca llegó a descifrarse el sexo, el domicilio exacto
o el parentesco que pudiera haber tenido con aquel
desdichado.

Que el comisario Magoian llevaba inscrito en la
frente el signo de su desgracia, lo supe desde el momento en que sus hombres me llevaron hasta él por un
abstruso laberinto de túneles, puertas falsas y calles en-
trampadas. Enseguida llamó mi atención que aquellos
guardias, célebres en otros tiempos por la violencia de
sus maneras, me tratasen con la misma burlona familiaridad con que invocaban el nombre del comisario.
Y aunque era evidente que aún les repugnaba la orden
de no excederse con sus prisioneros, se diría que habían
aprendido a tomar con filosofía la hilarante degrada-
ción de sus funciones y la mezquindad de quien ahora
les comandaba.

En cuanto llegamos a las puertas de la comisaría, uno de los guardias se despidió de mí con una bufonesca reverencia y el otro me presentó a un oficial que garrapateaba incesantes notas al reverso de una fotografía. El hombre todavía tardó un momento en acreditar mi presencia. Finalmente, suspendió su actividad y, sin apenas mirarme, se dirigió al guardia:

—¿Qué esperas que haga yo con un veintitrés? —preguntó, señalándome furtivamente con la barbilla—. Llévalo a la quince y espera ahí las instrucciones de Magoian. —Y diciendo esto volvió a su fotografía como si acabara de matar a un insecto pertinaz.

Sin decir palabra, el guardia me empujó con suavidad por una nueva red de escaleras y tenebrosos pasillos diseñados seguramente por un arquitecto transilvánico. Mientras le seguía, yo trataba en vano de discernir si el críptico lenguaje del oficial de la fotografía debía causarme gracia o espanto. Acaso en otros tiempos no habría dudado un segundo que su código numérico formara parte de una cábala del terror que sólo a mis captores les era dado entender. Ahora, en cambio, aquel hermetismo acusaba más bien un inevitable aire de comicidad. Era como si todo en la comisaría formase parte de una ópera bufa ensayada hasta el escarnio sobre los parlamentos de una tragedia griega. A pesar de mis esfuerzos por otorgarles cierto crédito, no conseguía apartar de mi ánimo la sensación de que Magoian y su pequeña legión de sicarios no eran sino la caricatura de sus antecesores, más dignos de lástima que de respeto. Grotescos y apolillados, aquellos hombres sostenían con alfileres nuestras vidas, maquillando sus actos, sus palabras y aun sus gestos con la galopante dejadez de una prostituta que no alcanza ya a disimular los estragos de la sífilis.

Pero mi fe ciega en la debilidad de esos hombres distaba mucho de ser tranquilizadora. Más que risa o desprecio, aquel reino contrahecho generaba el siniestro sabor de lo imperfecto, el terror que nos provoca descubrir que un coloso agonizante aún puede destrozarnos en su caída. Faltaban todavía algunas semanas para que surgiese en el horizonte la conspiración de Eliah Bac, pero ya desde entonces todo parecía dispuesto para que ésa o cualquier otra conjura estallasen sin remedio en las entrañas del país. A esas alturas, quienes seguíamos dependiendo de hombres como Magoian no teníamos más remedio que sentirnos permanentemente recelosos del porvenir, agotados por la espera de una liberación que no estábamos seguros de desear, amenazados constantemente por la imposibilidad de decir en voz alta lo que la nación entera murmuraba en las tabernas, en las paradas de autobuses, en la medialuz de cines rigurosamente vigilados donde los noticieros oficiales se negaban en redondo a confirmar el rumor de que el Gran Brigadier llevaba por lo menos ocho meses vegetando en una clínica moscovita. Nadie podía saber si aquello era verdad, pero todos secretamente imaginábamos aquel cuerpo espectral, aferrado a un corazón de carne momia que, sin embargo, seguía latiendo como si no se resignara a descansar hasta haber pulsado el número exacto de las vidas que el viejo había arrancado en las décadas que nos venía durando la sombra de su sombra.

De más está decir que semejante postergación del cambio sólo hacía que nuestro presente fuese aún más difícil de sobrellevar. Lejos de alegrarnos con el gran fracaso revolucionario, esperábamos, y en la espera dudábamos seriamente de que las cosas un día pudieran ser de otra manera. En el seno de aquel aparato desconcertado, al mismo tiempo próximo y distante de una conmoción anunciada, nosotros sólo podíamos avistar un interregno de pesadumbre, una dolorosa transición donde, sin saber exactamente por qué, nos veríamos obligados a olvidar de golpe lo que habíamos sido. Nos espantaba la sola idea de que un día cualquiera nos viésemos forzados a aprender una nueva versión de la historia y hablar en un lenguaje adánico o mesiánico donde las palabras que hasta ese momento habían nombrado nuestra vida cotidiana serían sustituidas por otras que hasta entonces habían sido indebidas. Nos fatigaba la perspectiva de tener que desentrañar los nuevos límites de un vasto volumen de leyes y costumbres, de ideales y criterios abstractos, de lealtades y enemistades que otras naciones vendrían a imponernos con la suficiencia de un monje que ha rescatado a sus congéneres del salvajismo más cerril. Quizá entonces, pensábamos, la exacta relojería de la modernidad nos empujaría no hacia delante, sino hacia atrás, a los tiempos previos a la Revolución, a ese siglo remoto y no exactamente feliz al cual nadie en el fondo estaba muy seguro de querer regresar.

Y tendríamos que olvidar, por otro lado, lo que para muchos había sido el único presente verdadero. Voces nuevas pero sospechosamente familiares nos enseñarían a borrar de nuestras mentes el código que nos había alimentado desde niños y al que bastaba ceñirse para no incurrir en el error ni en la sospecha. Tendríamos que deshacernos de las recetas para pasar inadvertidos, olvidar los días en que sabíamos con claridad qué palabras debían utilizarse, la tonada inapelable de las canciones que debían cantarse o denunciarse, la costumbre de medir contra el reloj del toque de queda las conversaciones, los tragos, los besos, el gesto nimio aunque tortuoso de atarse los zapatos cuando se ha bebido más de la cuenta o de palparse los bolsillos para confirmar que se lleva encima un salvoconducto o la carta afectuosa de un pariente acomodado en algún alto ministerio. Olvidaríamos, en fin, aquel tratado de ecuaciones por las que podíamos calcular el número exacto de micrófonos que cabían en un metro cuadrado de pared, el ángulo permitido de un levantamiento de cejas o el diámetro prudente de una sonrisa esbozada en una conversación donde las bromas van tomando un cariz peligrosamente político.

En tales circunstancias, no era de extrañar que nos sintiésemos derrotados de antemano, escépticos, cansados de buscar en la línea del horizonte una luz que pudiese guiarnos en el tormentoso ejercicio de aprenderlo todo y olvidarlo todo. De la misma manera en que no era posible saber quiénes o por qué sostenían la vida del Gran Brigadier, nadie estaba para decir quién sostendría las nuestras, qué cabezas rodarían cuando todo terminase o quién estaría libre de culpa para hacerlas rodar. Se diría que también nosotros sustentábamos nuestra existencia sobre una intrincada red de tubos, sondas y vejigas de látex que respiraban incesantes mientras nuestra historia reciente se disolvía en los ácidos de una víscera idéntica a la del Gran Brigadier, cirrótica, tejida de instrucciones que no sabíamos cómo, cuándo o por qué obedecer. Lo único cierto en esos tiempos era que ni siquiera hombres como el comisario Magoian conocían la procedencia exacta de sus órdenes o el destino que llevaban sus prolijos informes de gestión, sus formatos minuciosos de interrogatorios improvisados sobre el manual no escrito del hábito y el ansia, de la nostalgia cruenta de un aparato que rehusaba quedarse mudo y donde hombres tan precarios como Magoian debían por fuerza contarse entre los seres más peligrosos de la tierra.

Luego de un periplo que me pareció demasiado largo para un edificio de aspecto tan pequeño, desembocamos en una amplia sala donde hormigueaba una multitud de individuos entre los que era imposible distinguir quiénes eran los funcionarios y quiénes los detenidos. Más que tensión, percibí en aquel espacio un cierto ánimo de tedio y renuncia. Secretarias lánguidas y oficiales en mangas de camisa iban de un lado a otro con montones de folios amarillos que revisaban después con la desidia de quien sabe que nada se salvará del fuego. En alguna parte sonaba el rumor desacordado de varios instrumentos de viento que me hicieron pensar en una banda que ejecuta su última pieza a bordo de un transatlántico a punto de naufragar. El edificio entero olía a loseta recién lavada con cloro y jabón barato.

Entramos finalmente en un pasillo más estrecho que los anteriores, casi una tráquea de ladrillo al fondo del cual se hallaba un portón de goznes herrumbrosos. Creo que fue entonces cuando mi guía, en un inesperado arranque de confianza, inclinó un poco la cabeza y me dijo: —La quince, doctor, ya no es lo que era antes.— Sin saber exactamente si debía agradecer o lamentar su información, me limité a asentir con gravedad para no perturbar a aquel guardián que empezaba ya a hacerme sentir como el amigo imaginario de un idiota.

Mentiría si dijese que la quince era una celda. Se trataba más bien de un ancho galerón que en el pasado tendría que haber servido para albergar a numerosos prisioneros, verosímil antesala a celdas individuales, sótanos de tortura o paredones improvisados en patios interiores del edificio. El guardia me hizo pasar con el ademán de un hotelero que exhibe orgulloso la mejor de sus habitaciones. Poco faltó para que iniciara una vehemente demostración de las comodidades que ofrecía aquel cuarto espectral por el cual él parecía sentir una predilección acentuada por la nostalgia. Pudo más, sin embargo, su sentido del deber que su entusiasmo y, acuciado por la prisa, me dejó finalmente en la celda sin molestarse siquiera en cerrar la puerta.

De esta forma, abandonado en aquella prisión sin cerraduras, vagué de un muro a otro tratando de descifrar en ellos las consignas, los anatemas y las procaces ilustraciones con que otros cautivos habían matado el tiempo en circunstancias acaso menos llevaderas. En vano habían querido otras manos borrar esos mensajes que se superponían unos a otros como una bandada de ectoplasmas que tenían no obstante la consistencia de un testamento escrito en piedra. Palabras más o menos, todos a fin de cuentas decían lo mismo, y todos, por tanto, parecían haber sido puestos ahí únicamente para que yo, mucho tiempo después, invocase sin remedio mis años de estudiante y la única ocasión en mi pasado en que había tenido que vérmelas con la justicia.

Comencé por recordar los gritos, no solitarios ni anónimos, sino plenamente atribuibles a personas concretas. Mientras volvía a escucharlos en mi memoria, estaba seguro de haber visto aquellos rostros incontables veces en las aulas de la universidad, en tertulias de café a las que nunca fui invitado, en mítines a los que jamás me preocupé por asistir porque no estaban los tiempos para tentar a la suerte. Los conocía perfectamente, casi habría podido establecer de qué garganta provenía tal o cual grito, a quién ultrajaban en ese momento los soldados mientras que el resto permanecíamos boca abajo, vendados, besando el suelo de un gimnasio cuyas dimensiones no debían de ser muy distintas de las del sórdido galerón de la comisaría que ahora disparaba los resortes de mi memoria.

Habían pasado más de treinta años desde entonces, pero aún me estremecían los ecos de aquella sucesión interminable de cuarteles incendiados y pancartas caídas en mitad de una refriega, de bombas molotov arrojadas a la oruga de un tanque antimotines que al cabo saturaba el aire con su tormenta de hule calcinado. De las ciudades más remotas y de los barrios más agrestes llegaban noticias congelantes sobre el inminente retorno de la democracia, los rumores del asesinato de algún alto funcionario del Partido o del arrasamiento de una escuela, de dos salas de cine o de cierto parque público donde un grupo de ancianos que jugaba a los bolos había sido fusilado en diez minutos a la sombra de un almendro.

Fueron días en los que el aire se impregnó de una infranqueable nebulosa de gases lacrimógenos y pólvora quemada. Fueron tardes de *graffitti*, estampidas, macanas en ristra, balas que casi nunca eran de goma y arrestos que casi siempre ocurrían de noche. La vida entonces era una permanente ceremonia de sacrificio vano, de multitudes de estudiantes solidarios o profesores trasnochados que escalaban como simios las alambradas de la universidad cuando la policía, el ejército y finalmente los tanques soviéticos disparaban contra todo y contra todos sin importarles un bledo a quién dejarían en su camino.

En las extensas salas donde antes se celebraban las asambleas del Comité de Orgullo Revolucionario comenzaron a irrumpir grupos de jóvenes que tomaban por asalto los micrófonos y entonaban a voz en cuello el *Libre Tierra Libre* hasta que un batallón de granaderos trataba de detener a los revoltosos que desaparecían por las ventanas como quien ensaya un prodigioso acto de escapismo circense. Otras veces los rebeldes no corrían con tanta suerte, y entonces el ejército vaciaba el sitio a bazucazos hasta que madres, viejos, estudiantes y afanadores salían de la sala con las manos en alto, incrédulos, esperando que el humor de los soldados les concediese el beneficio de la duda antes de dispararles a mansalva con el pretexto de que en ese desorden, capitán, habría sido imposible distinguir a los terroristas de los simples ciudadanos.

Por lo que a mí respecta, aquellos tiempos fueron un despliegue inútil de pasiones por las que sólo alcancé a sentir desprecio y fatiga. Desde que llegaron hasta mí las primeras noticias de disturbios en los departamentos occidentales, intuí que los rebeldes y las fuerzas del orden escenificarían a la postre un choque entre dos fuerzas desiguales donde la pasividad tendría que ser el único acto en verdad sensato. Más que provocarme, el paroxismo de entonces consiguió muy pronto saturar el umbral de mi tolerancia, y me llevó a buscar en los libros una vía de escape, un estruendo íntimo que me permitiese no escuchar las consignas de la democracia, los estertores de la rebelión o el sonsonete desdentado de mi vecino Gerini, ese viejo profesor de lenguas muertas que insistía en celebrar conmigo la inminencia del cambio como si creyese que mi pasión por la poesía o mi juventud tenían que ser sinónimo de solidaridad con los rebeldes.

De esta manera envuelto en esos días enmascarados, terminé por acuñar la idea de que el verdadero heroísmo consistía en no involucrarse en esa guerra sin futuro donde todos parecían sentirse obligados a decidir entre romper el orden o defenderlo. Más que el fervor o el desafuero, lo que en verdad forjaría a los héroes de entonces sería su fuerza de voluntad para mantenerse al margen, sus agallas para no atender a los mítines ni aplaudir a quienes los silenciaban, para quedarse en casa y concentrarse en el estudio mientras que afuera, en la calle o en las plazas, un contingente de tanques disparaba contra las barricadas donde una mujer o un niño exigían ayuda a gritos que podían durar hasta el amanecer.

Por increíble que parezca, durante un breve y feliz espacio de tiempo creí que efectivamente conseguiría mantenerme ajeno a los disturbios. Quiso, sin embargo, mi mala suerte que justo en esos días irrumpiese en mi vida una mujer que iba a acarrearme muchos más problemas de lo que son de esperarse en esos casos. Creo haber dicho ya que soy propenso a obsesionarme con ciertas mujeres a las que rara vez me he atrevido a abordar. Por desgracia, en este caso concreto mi fascinación fue tan desmedida que olvidé cualquier propósito de continencia o de prudente reserva. Si aquella pasión mía fue alimentada inconscientemente por el caos incendiario que la circundó, es algo que prefiero no analizar por ahora. Sólo sé decir que de pronto, justo en mitad de aquella primavera endemoniada, perdí la cabeza por una joven pintora que llevaba algunos meses dando clases en los talleres de la Facultad de Artes Plásticas. Desgarbada, ósea, de manos largas y facciones claramente levantinas, la extraña belleza de aquella muchacha habría pasado acaso inadvertida de no haber sido por el garbo con que la ostentaba. Algo había en ella que absorbía la atención de cuantos la rodeaban. No era raro verla en los pasillos de la facultad, los talleres de escultura o los cafés aledaños a la universidad rodeada por estudiantes o profesores que, como yo, parecían hipnotizados por sus modales altaneros, su densa cabellera negra o su manera de hablar, siempre enfática, siempre a punto de gritar un anatema que todos ansiábamos secretamente que dijera.

Ahora que casi he olvidado su rostro y que apenas me atrevo a repetir su nombre, yo mismo me sorprendo al descubrir que las características de esa mujer, tan contrarias a lo que yo hubiera deseado en esa época precisa de mi vida, estorbaron poco para atraerme hacia ella. En cierta ocasión, llegué al extremo de enviarle unos versos plagiados a uno de mis entrañables poetas rusos; pero nunca recibí respuesta ni me atreví a esperarla. Sólo un par de veces pude creer que la muchacha reparaba en mi existencia, y sólo en una ocasión crucé algunas palabras con ella, suficientes, sin embargo, para arruinarme la vida.

Aquello debió de ocurrir hacia finales de abril, pues recuerdo que coincidió con la irrupción en la ciudad de un contingente de tanques soviéticos con que el Partido pudo al fin reimponer la paz y el orden en el país. Habían pasado por lo menos diez días sin que tuviera yo señales de mi joven artista, y casi me había resignado a no volver a verla, cuando una noche resolví dormir en la enfermería de la universidad para que no me sorprendiese el inminente toque de queda. Entonces, mientras buscaba a oscuras un sitio donde recostarme, irrumpió en el lugar media docena de sombras entre las que sin embargo reconocí enseguida a mi bella levantina. A juzgar por el apremio con que se movían mis visitantes, no era difícil comprender que llevaban varias horas escapando de algo o alguien. De pronto, uno de ellos encendió una lámpara sorda, me deslumbró el rostro y, más que pedir, me ordenó que les dijese dónde guardaba el alcohol. Iba a preguntarles si venían heridos cuando algunos de ellos, sin esperar respuesta, comenzaron a registrar gavetas y a abrir cuantas botellas pudieron hallar. Aunque asustados, se movían con una precisión que me hizo pensar que no era aquella la primera vez que se metían en problemas. Como los demás, la muchacha se había abalanzado sobre el botiquín de primeros auxilios y se friccionaba manos, brazos y rostro al tiempo que emitía toda suerte de maldiciones. —¿Está usted bien? Soy estudiante de medicina. Tal vez pueda ayudarle —le dije, tratando de distinguir en la penumbra el lugar exacto de su herida. —Sé muy bien quién es usted —replicó ella sin dejar de frotarse las manos—.

No se atreva a tocarme. Sólo guarde silencio y consígame más alcohol—. Por un instante me quedé inmóvil, incapaz de obedecer sus órdenes, contemplando sus movimientos y tratando de comprender qué estaba ocurriendo. De repente, la voz de un hombre a mis espaldas me preguntó con franca desesperación si tenía algún otro solvente: gasolina, acetona, cualquier cosa mejor que esta mierda que no sirve para nada. Entonces, sobrepasado por lo absurdo de la situación, sentí que me faltaba el aire. Sin saber lo que hacía, busqué el interruptor, y la luz inundó la enfermería para mostrarme en carne viva a aquel conjunto de jóvenes aterrados, sus ropas oscuras y las manos cubiertas por manchas diminutas de pintura rosada. Entonces, como invocadas por la luz en la enfermería, oímos un claveteo de botas militares que corrían hacia nosotros por los pasillos de la facultad.

Horas antes de que partiese hacia la universidad, el viejo Gerini había venido a mi habitación para celebrar conmigo la noticia de que alguien había ultrajado durante la noche el monumento al camarada Paoletti. Botella en mano, el profesor me describió cómo la estatua del máximo héroe de la Revolución había amanecido cubierta de pintura rosada desde el pedestal hasta la gorra. El ejército, añadió, llevaba horas arrasando la ciudad en busca de los culpables, y si bien aseguraban que tarde o temprano les harían pagar su infamia, no habían conseguido cubrir la estatua a tiempo para impedir que los recién llegados soviéticos se estremecieran por instantes con aquella reducción carnavalesca de un símbolo otrora intocable de la autoridad.

Sin abrir la puerta del todo, esperé a que mi vecino terminase de contarme su historia mientras yo intentaba disimular el fastidio que me producía su afán celebratorio. Entonces, saboreando cada verso y cada sílaba, me limité a recitarle en ruso unos poemas donde Oblomov fustigaba la insensatez de algunos héroes y el espejismo que encierra pensar que los actos osados pueden en efecto alterar el curso de la historia. Al oírme, el hombre se quedó de una pieza, pálido y tembloroso en el umbral de mi cuarto, como negándose a creer lo que acababa de escuchar. —Sólo le ruego que tenga piedad de este pobre viejo —musitó al fin como si fuera otra la naturaleza de la conversación que habíamos sostenido. Luego, cabizbajo, entornó despacio la puerta y se alejó por el pasillo con el agobio paquidérmico de quien sospecha que acaba de cometer una indiscreción que pronto le costará la vida.

A medida que me acerco a la edad que Gerini debía de tener entonces, crece en mí la necesidad de rescatarle en mi imaginación. Entonces me entretengo inventándole una suerte distinta de la que él seguramente temió correr mientras se alejaba de mi cuarto convencido de haber hablado de más ante la persona equivocada. Lo imagino esa misma noche esperando el tren en una estación solitaria, sentado en una maleta en la que apenas ha tenido tiempo de guardar algo de ropa, mirando de reojo a los soldados que en cualquier momento vendrán a pedirle sus documentos, profesor, porque alguien a quien usted bien conoce ha tenido el valor civil de denunciar sus opiniones sobre la lamentable ofensa contra la memoria del comandante Paoletti.

Pero también, algunas veces, sueño que el viejo logra tomar su tren antes de que lo arresten y que, años más tarde, aguardando una muerte apacible en las tierras de su infancia, se dice que en realidad no tenía por qué haber temido que yo lo delatase. Después de todo, se dice, mi única amenaza habían sido aquellos versos que ni siquiera eran de Oblomov y cuya pertinencia, por otro lado, había sido confirmada poco tiempo después por el rotundo fracaso de la insurrección y el arresto de los responsables del crimen.

La culpa puede a veces conducirnos a inventarle a los demás destinos excesivos. Por momentos olvidamos que incluso en la imaginación debemos someternos a ciertas leyes si queremos reconstruir con rigor los pasajes del pasado que deseamos atribuir a nuestros semejantes. Cuando la suerte que imagino para Gerini me parece desaforada, acabo siempre por pensar que sólo pasó una mala noche y que alguien más, al día siguiente, vino a informarle de que también a mí me habían arrestado por participar en el ultraje contra la estatua de Paoletti. Entonces es él quien se entretiene en pensar mi suerte con una mezcla de compasión y alivio. Es Gerini quien lamenta el infortunio de aquel pobre estudiante de medicina cuya valentía él nunca fue capaz de apreciar. Es ahora su mente de viejo la que no le dejará pensar que mi arresto puede haber sido una casualidad, un lamentable accidente, un golpe súbito de luz en el momento menos oportuno. Para él, me he convertido por instantes en un héroe entre muchos más que no tuvieron tiempo de borrar de sus manos las manchas de su osadía, aquellos que en ese preciso momento, mientras él recuperaba la tranquilidad, se encontraban junto a mí, maniatados en el suelo de un gimnasio, alineados como cadáveres prematuros que sin embargo insistían en maldecir a los soviéticos aun cuando sus posibilidades de salir de ahí con vida fuesen realmente escasas.

Mientras escuchaba a los demás cautivos imprecar de aquella forma, con voces siempre apagadas por los puntapiés de los guardias, me sorprendía descubrir que yo tampoco sentía miedo, sino la rabia intragable de saber que iba a morir entre una legión de imbéciles sin que mi inacción hubiese servido un ápice para salvarme. De pronto mi existencia, habitualmente seca y ordinaria, se veía emboscada por las mismas fuerzas torrenciales que con tanto esmero había intentado sortear. Me parecía una infamia que mi vida pendiese ahora de un hilo tejido por otros, cercenado por otros cuyas ideas jamás me habían quitado el sueño, menos aún la tranquilidad que hasta ese día me había llevado a creer que no hay mejor camino a la inocencia que la más radical pasividad.

Pero la suerte, la misma terca suerte que me había llevado hasta ahí, me deparaba sorpresas que todavía hoy no alcanzo a explicarme. No sé ya si habían pasado varias horas o sólo unos minutos desde mi arresto en la enfermería cuando llegó mi turno de rendir cuentas. Una mano de hierro me alzó de golpe y me empujó sobre un montón de cuerpos que se habían quedado inesperadamente mudos. Cuando arrancaron la venda que me cubría los ojos, una explosión de luz me nubló la vista, de modo que todavía tardé un instante en descubrir que me hallaba en un vestuario donde se había improvisado un cuartel militar. De la noche a la mañana aquel espacio usualmente poblado de jóvenes atletas había adquirido el aspecto de una de esas salas policiales que aparecen en las películas francesas, donde un inspector rechoncho contempla en la pared catálogos de huellas digitales y cuentas telefónicas donde espera encontrar el paradero de un asesino. El lugar entero tenía ese olor a transpiración y a betún para botas que caracteriza a los cuarteles del ejército y que le quema a uno la garganta si se queda más tiempo del permitido.

Frente a mí, un capitán con aspecto de no haber dormido desde el principio de los tiempos sudaba profusamente mientras ponía en orden una pila considerable de documentos de identidad. Estaba claro que el hombre llevaba un buen rato enfrascado en la actividad de discernir culpas y condenas, y que a esas alturas le daba exactamente igual lo que pudiera ocurrir con los destinos que esa noche se barajaban en sus manos. Con un gesto mecánico, el capitán me ordenó que señalase mi cartilla en un abanico que desplegó frente a sí con una gracia casi femenina. Luego se rascó largamente la cabeza, leyó mi nombre en voz alta y fijó la mirada en el infinito como si estuviese consultando una lista pegada en la pizarra de su imaginación.

—Usted es médico —dijo, sin que yo pudiese distinguir si aquella era una pregunta o una afirmación.

—Estudio medicina, capitán —respondí.

Una sonrisa se dibujó en su rostro, si bien tampoco fui capaz de colegir si ésta indicaba algún tipo de complicidad o simplemente de hartazgo. Por un segundo pensé que iba a proseguir su interrogatorio con alguna absurda indagación sobre mis orígenes y mis ideas, pero él se limitó a extraer de sus bolsillos una hoja de papel que reconocí con mal disimulado terror.

—Este poema, doctor, es de Bolkonsky, y no es precisamente uno de los mejores. ¿Usted lo tradujo?

—Así es, capitán.

—Dedíquese mejor a la medicina, camarada —dijo al fin en un tono de inesperada cordialidad—. Bolkonsky no merece semejante maltrato. —Dicho esto, devolvió el poema a sus bolsillos, cerró mi cédula de identidad y me la devolvió con otra de sus sonrisas inescrutables.

Sin salir de mi confusión, me dirigí entonces a la calle con la docilidad de un perro al que su amo acaba de propinar una paliza merecida. En el gimnasio quedaban sólo algunos cuerpos encogidos y, en lugar de gritos, sólo se escuchaban sollozos, golpeteos imposibles de identificar, más pasos de botas militares. Afuera hacía un frío inusual para aquella época del año. Comenzaba a amanecer y la ciudad había adquirido un aspecto monástico. No quedaba rastro alguno de que ahí hubiera ocurrido nada extraordinario: las jardineras, los edificios públicos, los bares, todo estaba tan desierto como puede estarlo una urbe evacuada ante un bombardeo inminente. Sin embargo, al llegar al estacionamiento, pasé frente a la puerta entrecerrada de una furgoneta y alcancé a distinguir en su interior el cuerpo contrahecho de una mujer. Me detuve un segundo a mirarla y sólo entonces, reconociendo con espanto a mi joven levantina, comprendí la dimensión de cuanto estaba a punto de ocurrirme. Supe que, a mis dudas de esa noche, de ahí en adelante yo tendría que añadir el estigma que la inaudita benevolencia de mis captores acababa de acarrearme. Entendí que esa mañana mi suerte y mi desgracia habían decidido que no fuera como aquella mujer o sus compañeros. Por un motivo que yo mismo no alcanzaba a comprender, el fatigado capitán me había convertido en uno de los suyos, tatuándome al mismo tiempo con la señal de los que han sido exi-

midos del sacrificio para pasar el resto de sus días mar-
ginados de sus semejantes, imaginando puertas y ventanas desde las cuales me seguirían, incesantes, la memoria de aquel hermoso cuerpo ahora deshecho, el
miedo cerval del viejo Gerini o simplemente el recelo
de todos aquellos a quienes desde niños enseñaron a
desconfiar de la bondad de los extraños.

Sin que me diera cuenta, había anochecido en la quince. Un cerco de penumbra ceñía los muros del galerón, disolviendo mi remembranza con su golpe helado de realidad. La única luz en el recinto provenía ahora de la puerta, donde un guardia idéntico a los anteriores me ofrecía un termo de plástico. Abismado aún en el recuerdo de treinta años atrás, apuré un trago y sentí que un líquido extremadamente amargo me cerraba la garganta como si un enjambre de insectos ponzoñosos se abriese paso hacia mi estómago vacío. Impasible ante mis gestos de sofoco, el guardia me anunció sin más que el comisario Magoian estaba listo para recibirme.

—Le aconsejo que mantenga la calma —añadió en ese tono a medias condescendiente y a medias cáustico que comenzaba a hartarme—. El comisario se pone muy nervioso cuando los reos pierden la cabeza en su presencia.

De nuevo fui incapaz de interpretar al vuelo las palabras del guardia. Por un lado, era evidente que iban encaminadas a acentuar la tensión del interrogatorio que se avecinaba, pero el tono con que habían sido dichas daba también la impresión de que incluso el guardia había dejado de creer en su eficiencia. Una cansada indignación inundó mi cuerpo sumándose al torpor que me iba dando ya la abstinencia de ectricina. La rabia y la ansiedad comenzaban a tomar el sitio de la mansedumbre con que esa tarde me había dejado conducir a la comisaría. Si bien mi estancia ahí comenzaba a extenderse más de lo esperado, aún no me resignaba a pensar que mi situación, como acababa de insinuar el guardia, fuese literalmente la de un prisionero. Convencido como estaba de mi inocencia, y acaso confortado por el recuerdo de mi liberación en circunstancias sin duda más extremas, rechazaba sentirme amenazado por aquella hueste de subnormales que insistían en aparentar una seguridad de la que carecían. Después de todo, pensé, si hombres más poderosos que ellos me habían mostrado indulgencia en peores tiempos, esta vez las cosas no podían ser muy distintas.

Como si quisiera confirmar mis sospechas de que estaba siendo objeto de una broma, el comisario Dertz Magoian me recibió en su oficina subido en una escalera de aluminio, concentrado en el trance de cambiar una bombilla. El guardia se mantuvo inmóvil junto a mí hasta que su jefe descendió de la escalera y le despidió con una voz de barítono que discordaba ligeramente con su aspecto. Sólo entonces pude contemplar con claridad su calva prominente y las amplias mejillas sonrosadas que acentuaban su aire más bien aniñado. La redondez de su cuerpo invocaba sin remedio la complexión de un adolescente bulímico, y algo había en su mirada que hacía pensar en esos hombres que han malgastado sus vidas haciendo exactamente lo contrario de lo que el destino les tenía deparado. Nada en su apariencia indicaba que hubiese pasado por las galeras que su leyenda negra le atribuía. Antes bien daba una clara impresión de blandura e ineptitud frente a un sistema carcelario que le excedía y que él sólo podía enfrentar con la torpeza de quien se ha vestido una camisa que le va demasiado grande. Se expresaba con corrección y cortesía, aunque había en su amabilidad un sesgo de resentimiento que provocaba franca desconfianza. Sus palabras, su manera de gesticular y sus anteojos de montura cobriza constituían un retrato de la más oscura turbiedad en quien no tenía más remedio que resignarse a representar un sistema que sólo imponía un poco de respeto por la mera nostalgia de lo que alguna vez fue.

Cuando Magoian me indicó por fin que tomase asiento, noté en su frente una contracción que sugería un incesante aunque vano deseo de aparentar cierta ceñuda severidad. Limpiando sus anteojos con el extremo amplio de su corbata, el hombre esbozó una sonrisa de formulario y me dijo en un tono que quería ser confortante:

—No se inquiete, doctor. Aquí no importa lo que le hayan dicho de mis métodos. Ocupémonos mejor de lo que nosotros sabemos de usted, o para ser más exactos, de lo que *no* sabemos. Desde que llegó a este barrio ha guardado usted un silencio que no acaba de gustarme.

Cuando pienso en aquella frase y rememoro el resto de esa conversación, me doy cuenta de que apenas hubo en ella una sentencia o un giro con el que Magoian no intentara desacreditar una leyenda de terror de la que ni él mismo estaba convencido. Su petición de ignorar lo que supuestamente me habían dicho de sus métodos era tan patética como su convicción de que aún corría por ahí su fama de torturador experto. En verdad era imposible no experimentar ante él la tentación de cometer un acto de temeridad con el único propósito de saber cómo diablos reaccionaría un hombre así frente a una auténtica infracción del orden.

Supongo que fue llevado por aquel sentimiento de suficiencia que me atreví a responderle con un quiebre de desdén:

—No veo, comisario, qué falta puede haber en llevar una vida discreta.

—La discreción —replicó Magoian sin perder la compostura— es efectivamente una virtud, doctor. Pero en su caso podría convertirse en un problema. Mis antecesores le protegieron por haber colaborado con nosotros en tiempos difíciles de los que será mejor no hablar. Sin embargo, de unos años para acá, se diría que usted se ha propuesto dejar de existir. Es como si escapara de algo que no ha querido informarnos en su momento.

De haber sido otra la situación, supongo que aquel recuento fugaz de mi pasado reciente habría debido causarme cierto alivio. Ahora, no obstante, tenía que afrontar la paradoja de que fuese justamente mi afán de pasar inadvertido lo que al parecer causaba la inquietud de mi inquisidor. Por otra parte, bien mirada, la apreciación del comisario Magoian era más bien inexacta: hasta donde alcanzaba mi memoria, no sólo mis años en aquel barrio, sino mi vida entera había estado consagrada a la invisibilidad, y había sido sólo un accidente lo que alguna vez me había hecho parecer un delator.

Que Magoian trajese a colación mi supuesta actividad colaboracionista, me causó entonces más fatiga que terror. Si bien nunca comprendí en qué mal momento comencé a vestir el sambenito de los traidores, había hecho lo imposible por resignarme a él, y por eso ahora me ofuscaba descubrir que la pasividad no podría nunca apartarme de aquella infame condición. Era como si alguien ajeno a mi voluntad se hubiese propuesto construirme una historia y adjudicarme una serie de acciones de las que sólo me era dado ver los efectos, pero de las cuales tenía ahora que rendir cuentas como si efectivamente fuese responsable de ellas. Si en verdad había colaborado en la captura de los estudiantes que pintaron la estatua de Paoletti, era algo para mí tan insondable como los motivos que había tenido el abrumado capitán para eximirme de la muerte. Acaso sólo me era dado comprender que no estaba yo para descifrar el mecanismo que a partir de aquella noche comenzó a determinar quién o qué había de ser. Mi obligación estaba en asumir sin cuestionarlo el papel que esos tiempos me habían asignado y tratar de olvidar el resto de la misma forma en que la nación entera había tenido que pasar por los años posteriores a la intervención como un navío se adentra en un banco de niebla.

Pero el olvido es un privilegio que a muy pocos es dado disfrutar. Demasiado pronto había podido constatar que las bondades de la desmemoria no estaban deparadas para mí y que mi liberación en las aulas de la universidad me había marcado de tal forma que no habría en adelante dios ni ayuda que pudiesen devolverme a la vicaria ordinariez con que hasta entonces había intentado guiar mi vida. Cuando conocí a Dertz Magoian había empezado a comprender que los actos nimios adquieren dimensiones épicas cuando se realizan en situaciones extremas, pero confieso que al principio me resultó extremadamente difícil creer que un simple *no*, nacido del capricho de un capitán exhausto, hubiese alterado de tal manera la impresión que otros tenían de mí. En los días y las semanas que vinieron después de mi liberación, a mi recuerdo del cuerpo destrozado de la bella levantina se fueron sumando muchas otras señales de mi caída: miradas de visillos entreabiertos, reproches esgrimidos a mis espaldas cuando subía de noche hasta mi habitación, corrillos de niños que se disolvían a mi paso, manos que temblaban visiblemente cuando me servían un café sin recoger las monedas que yo había puesto sobre el mostrador. Era como si el mero hecho de haber salido con vida de los galerones de la represión me hubiese transformado en un leproso. Poco importaban los motivos de mi resurrección: para el resto del mundo, mi supervivencia era síntoma inequívoco de un imperdonable acto de cobardía contra el que no me estaba permitido apelar.

Como si eso no bastara para envenenarme el alma, en la misma medida en que incrementó el desprecio de mis congéneres, se acentuó también el beneplácito de mis superiores. Una mezcla de reverencia y temor empezó a marcar mis vínculos con aquellos que ejercían alguna autoridad sobre mí. En la universidad, donde la desaparición de muchos estudiantes y la imposición de ignorarla se hicieron particularmente opresivas, la aquiescencia de mis maestros llegó al grado de hacerme dudar de mis méritos académicos, nunca tan notables como de pronto se dieron a parecer. En una ocasión, casi al final de mis estudios, tuve que sustentar un examen de alemán ante tres civiles y dos oficiales del

Partido. Durante media hora me hicieron preguntas elementales que les bastaron para darme la mayor calificación. Más adelante, sin embargo, uno de los oficiales comenzó de pronto a hablarme en inglés, a lo que yo sólo pude responder con la sonrisa idiota de quien no entendía una palabra de lo que estaba oyendo.

—¿Por qué no nos dijo que también habla usted inglés? —me preguntó el oficial luego de una interminable parrafada.

—No lo hablo, señor.

—Por supuesto que habla inglés. Lo hace además estupendamente, incluso mejor que yo.

El otro oficial del Partido, que apenas había abierto la boca durante toda la sesión, añadió:

—Usted habla inglés, doctor. ¿Por qué insiste en negarlo? ¿De qué tiene miedo? Debería sentirse orgulloso.

Quise volver a explicarles que no entendía una palabra de inglés, pero ambos oficiales me miraron con desaprobación y me ordenaron que abandonase la sala.

De manera similar, los inspectores y los guardias que rondaban normalmente mi barrio se habituaron a saludarme con el mayor de los respetos: me exigían evitar las filas de abasto, me cedían el paso en la acera o insistían en ofrecerme por lo bajo bienes o servicios que no siempre se encontraban dentro de los márgenes de la legalidad. De buenas a primeras me convertí en objeto de privilegios burocráticos jamás solicitados: por error me eran expedidas más cartillas de racionamiento de las que me correspondían, se me convocaba cada vez con menor frecuencia al Comité de Inspección Sanitaria y mis jornadas de servicio obligatorio en hospitales de provincia se redujeron hasta casi desaparecer. De esta suerte, el tiempo de mis días y mis noches se dilató de forma tal que debería haberme parecido invaluable, pero que entonces no hizo sino alimentar mi sensación de ser un engranaje más en un aparato cuya mecánica no alcanzaba a comprender.

Cada mañana despertaba preguntándome qué se esperaba de mí y en qué me había convertido a partir de aquella noche en el gimnasio. Mil veces repasé en mi memoria los tiempos de la revuelta y el episodio de la enfermería buscando una pista, una palabra o una señal cualquiera que me permitiesen entender quién había empezado a ser a partir de entonces. Me sentía como un cuerpo en el vacío que no encuentra un planeta, una estrella o un simple objeto que le permitan conocer su propia posición en el cosmos. Caminaba a solas por la calle, volvía a solas porque los demás estudiantes se habían rezagado con cualquier pretexto, y la certeza de saberles confabulados en mi contra subrayaba la dimensión de su desconfianza, su parálisis compartida ante el peligro que les esperaba si llegaban a respirar el mismo aire que yo respiraba o a tocar los mismos objetos que yo iba acariciando en mis vagabundeos por la ciudad.

Cuando uno se mueve rutinariamente entre sus congéneres, adquiere la bendición del anonimato. Su rostro se confunde con el de los otros y su espíritu se acomoda desidioso a la idea de que la tribu en cierta forma le protege. En cambio, cuando quedamos solos, adquirimos la consistencia vaporosa de quien no tiene cómo ocultarse de la intemperie y se mueve entonces con la eterna aprehensión de estar a punto de desvanecerse. Así me movía yo por la ciudad: sonámbulo, impreciso, como un paria en la soledad forzada de mis tardes, atrincherado en mis libros de poesía y mis tratados de medicina, tan expuesto al rechazo de los otros como un tramoyista senil que ha irrumpido en el escenario de un teatro repleto y teme que la obra sea infinita. Limitaba mis desplazamientos, excedía mis precauciones para no tener que salir de casa y procuraba siempre que las solapas del abrigo me ahorrasen la molestia de ser reconocido. Leía, rebuscaba discos viejos en tiendas cuyos dueños se adelantaban infaliblemente a mis deseos, y me paseaba por cafés donde imaginaba que todos tenían secretos que ocultar, aun a sabiendas de que era precisamente en lugares como aquellos donde mejor se reconoce a quienes cargan una culpa que les envenena el alma.

Finalmente, temeroso de hallarme en las lides de la esquizofrenia, fui cediendo a la tentación de comportarme con prepotencia para satisfacer mínimos caprichos, nunca gran cosa, pues más temprano que tarde me arrepentía de estar alimentando así la convicción gregaria de mi culpabilidad. No quiero decir con esto que en algún momento me diera por ofrecer mis servicios al régimen que de pronto me había adoptado. Simplemente acaté el hecho de que estaba ahí para servirles con el acto simple, irrefutable, de seguir viviendo.

Nadie está para entender el drama de quienes en vida se han convertido en símbolos de oprobio o heroísmo ante los ojos de sus semejantes. Los muertos, al menos, llevan en su condición el privilegio de no padecer ya el profundo desarreglo que implica significar algo. Los muertos no padecen cada día la rutinaria arbitrariedad con que una conciencia plural, intransigente y sorda colorea de blanco o de negro existencias que de hecho discurrieron como cualquier otra, desplazándose a lo ancho de una difusa gama cromática donde sólo el diablo podría ubicar la cobardía o el valor, la fe o el desencanto. Nadie está para notar que algunas de esas vidas siguen siendo vividas, clamando una amnistía, corrigiéndose sobre la marcha con la esperanza de romper un día el pétreo cascarón de lo que representan. Todavía hoy me pregunto si mi vida entera, a partir de aquellos días, no ha sido precisamente una lucha sin cuartel opuesta a la de Magoian: una batalla por enmendar la plana de mi leyenda negra descubriendo una y otra vez que nunca somos lo que queremos, sino aquello que los otros necesitan que seamos.

Pero no hablo solamente desde aquí ni desde ahora. No escribo esto porque la edad, el deshonor o el cautiverio me hayan dado una cierta lucidez para entender nuestra incapacidad para cambiar la imagen que los demás han construido de nosotros. Acaso sea sólo la medida de mi resignación la que ha aumentado, no por desidia, sino porque en esos tiempos mi vida fue una y otra vez expuesta a acontecimientos bizarros que acabarían por delinear mi fracaso en esta guerra encarnizada contra mí mismo.

En el invierno de aquel año de revueltas y represiones, cuando volvía a casa tras una larga jornada en la biblioteca de la universidad, me sorprendió la lluvia y tuve que resguardarme bajo el cobertizo de una casa que estaba a escasas calles del edificio donde vivía. La tormenta no daba visos de amainar en un buen rato, de modo que me senté a esperar mientras intentaba poner en orden las notas que había tomado esa tarde para un examen que tendría lugar al día siguiente. La lluvia se filtraba tenaz entre las tejas del cobertizo, obligándome a cambiar constantemente de posición para hallar un sitio libre de goteras. Apaleado y hambriento, me reprochaba no haber previsto aquella eventualidad que amenazaba con arrebatarme horas de sueño indispensables para presentar mi examen con cierta lucidez.

Entonces escuché que me llamaban con una voz tan débil que parecía más bien un presentimiento. Alguien repetía mi nombre desde el interior de una de las casas aledañas. Tal era el estruendo de la lluvia sobre el cobertizo que no alcancé a distinguir si quien me llamaba era una mujer o un niño. Como quiera que fuese, la fatiga y el frío vencieron pronto mis reservas y me interné sin más en la penumbra. Adentro, en medio de un desorden cavernario de caballetes, lienzos y muebles olorosos a aguarrás y pobremente iluminados con velas, me recibió una vieja a cuyas faldas se abrazaba una niña pequeña y lánguida. En el rostro de la mujer, que alguna vez debió de ser bello, se acentuaban con crueldad las picaduras del hambre, la angustia y la viruela.

—No se preocupe, doctor —me dijo con palabras ralas en las que sin embargo pude reconocer el afilado acento de la gente de levante—. Aquí estará seguro mientras pasa la lluvia.

Ni que decir tiene que a esas alturas estaba acostumbrado a que los desconocidos se dirigiesen a mí con tratamientos que yo aún estaba lejos de merecer. Sin embargo, que esa anciana de acento visiblemente extranjero me llamase doctor y diese claras señas de saber quién era me provocó un súbito estremecimiento. Era como si ella y la niña fuesen las últimas habitantes de un mundo posatómico en quienes el resto de la humanidad habría depositado un postrer mensaje de reconocimiento o de reproche que iba sólo dirigido a mí. Sin ánimo de responderle, incliné ambiguamente la cabeza y me quedé donde estaba, empapado, sin saber qué hacer con las notas húmedas que todavía estrujaba en la mano, oyendo el crepitar de las velas y el rumor quebradizo de la pequeña cuando se revolvía inquieta entre las piernas de la mujer.

Pero mi anfitriona apenas se dejó amedrentar por mi silencio. Con timidez me condujo hasta una silla giratoria seguramente extraída de un basurero. Desapareció luego de la estancia y volvió al cabo de un rato con un tazón humeante en el que probé una de esas raras infusiones que reconfortan al mismo tiempo el pecho y el espíritu. Habituado poco a poco a la penumbra, al fin pude verla con más atención. Con chulesco impudor definí sus contornos de matrona anciana, esa redondez adiposa que caracteriza a las mujeres que han padecido durante años y demasiado pronto la carga de hijos propios o ajenos, las facciones macilentas en las que sin embargo todavía se alcanza a percibir una resignada serenidad, un haberse acostumbrado a las jugarretas del infortunio con un estoicismo heredado por generaciones sin cuenta. Se movía por aquel reducido espacio con una agilidad de roedor, aun cuando en ningún momento, hasta donde alcanzo a recordar, dejase de confortar a la niña que la seguía a todas partes y a la que ella llamaba cariñosamente Marja. Mientras las miraba, llevado por una intensa sensación de irrealidad, me esforzaba por entender cómo había llegado yo hasta allí y cuánto tiempo había transcurrido desde que crucé el umbral de la casa. De repente descubrí que la mujer había comenzado a relatarme una historia desencajada en la que apenas pude colegir la trágica ausencia de su hija, el agotador recorrido de ella y la pequeña por oficinas policiales, centrales telegráficas y tribunales del Partido en las que había rellenado interminables pliegos petitorios para que finalmente le permitieran revisar listas de presos, muertos o deportados en las que nada podía sacarse en claro del paradero de quien supuse sería la madre de la niña.

—Sólo usted puede ayudarnos, doctor —me espetó como si su ruego fuese la conclusión natural de nuestro encuentro—. Le juro que hallaremos forma de pagarle.

Confieso que por un momento, halagado quizá por la fe que me mostraba esa mujer indefensa, me sentí tentado a responderle que haría todo lo que estuviese en mis manos por ayudarla a recuperar a su hija. Pudo más, sin embargo, un segundo pensamiento para negarme en redondo a procurarle una esperanza que no quería ni podía darle. De pronto, la petición de la mujer se me antojó otra de esas burlas premeditadas con que el destino insistía en encajarme facultades que nunca había tenido. Negar a esa mujer y negarme a ayudarla eran entonces mi única oportunidad de protestar contra la conspiración que llevaba meses emponzoñando mi mente.

—Está claro que usted me ha confundido, señora —respondí al fin poniéndome bruscamente de pie—. Créame que lamento mucho su situación, pero no puedo hacer lo que me pide.

El terror no muy lejano del viejo Gerini ensombreció por un instante el rostro de la anciana, y entonces llegué a temer que también ella me rogase que olvidara la violación aventurada de una regla no escrita. La niña comenzó a llorar como si presagiara el llanto de su abuela suplicándome que no la denunciara, jurándome que no volvería a molestarme y que Marja era lo único que le quedaba en el mundo. Me equivocaba: abrazándose a la niña, la mujer escrutó mi rostro y su miedo fue reemplazado por la tranquilidad. Fue como si, a través de mis ojos, ella hubiese sido capaz de descubrir en mí la promesa de ayuda que yo no había querido hacerle. Entonces, suspendiendo el balanceo con el que había conseguido apaciguar a la pequeña, abrió la puerta, se asomó para comprobar que había dejado de llover y me despidió con una sonrisa en la que pude percibir la inmensidad de su gratitud anticipada.

El de Magoian era un ejemplo asombroso del equilibrio que a veces es posible conseguir entre la astucia y la decadencia, un modelo perfecto de impudor: salpicaba sus preguntas con silencios ante los que uno no sabía si debía responder; su rostro parecía a veces de piedra, sin que ello bastase para disimular la magnitud de su aprehensión, su urgencia de que alguien, por una vez, le diese una verdad mínima o mayúscula que le permitiese no sólo saciar las exigencias de sus superiores, sino justificar toda una vida de fracasos y preguntas baldías. Tal vez por eso le exasperaba especialmente que uno contestara a sus preguntas con otras preguntas.

—¿Sabe usted por qué razón le hemos traído aquí? —inquirió en cierto momento como si aún no hubiese mediado ninguna palabra entre nosotros.

—Lo ignoro, comisario. Quizá usted pueda decirme si se me acusa de algo más concreto que mi exceso de discreción.

—¿Acusarle? —replicó él como en venganza, subrayando la ironía de sus palabras—. No somos tan ingratos con nuestra gente, doctor. Sólo me intriga que un hombre como usted, un amigo del Partido, frecuente algunos establecimientos cuya clientela no es precisamente selecta. —Diciendo esto, extrajo de su escritorio una botella de aguardiente y me la ofreció con aire conciliador. Al ver que la rechazaba, dio un largo sorbo y sentenció—: Los abstemios guardan siempre un secreto vergonzoso. ¿Cuál es el suyo, doctor?

Confieso que la pregunta me tomó por sorpresa. Aquella era la primera vez que alguien removía abiertamente los escombros de mi pasado. Con su aire de aquí no pasa nada, el comisario había tomado por asalto el hilo de nuestra conversación y me exigía a mansalva un secreto que yo no estaba seguro de guardar. Siempre había pensado que eran Magoian y sus hombres quienes guardaban celosamente no una sino infinidad de verdades relacionadas con mi existencia, explicaciones que sólo ellos podrían revelarme sin que yo acariciara nunca la esperanza de que lo hicieran.

Bien es verdad que hacía algún tiempo había dejado de beber, pero eso se debía más bien al simple hecho de que la ectricina, adicción tan celosa como artera, había desplazado mi afición por el alcohol. Podría jurar, empero, que mi pasado en la embriaguez o mi presente en el delirio de la droga no eran cosas que pudieran ocultarse a las autoridades. Estaba seguro de que en mi expediente había cifras precisas sobre las dosis de ectricina con que la propia policía solía abastecerme, las fechas descaradamente regulares de solicitudes que en cualquier otro caso habrían causado la suspensión de mi licencia médica, pero que a mí me fueron concedidas con seductora diligencia.

Definitivamente, pensé, no era ésa la revelación que el comisario esperaba de mí. Lo que él deseaba a cualquier costa era ese misterio que muy pocos son capaces de explicarse: no el motivo que nos sigue encadenando a tal o cual vicio, sino aquello que en primer lugar nos llevó hasta él. Confrontado con ese dilema, comencé a temer de veras no ser capaz de dar a Magoian una respuesta satisfactoria. Mi parsimonia inicial, fruto como he dicho de mi convicción de inocencia, se transformó gradualmente en una vaga intuición de culpabilidad. Cuando uno ha pasado buena parte de su vida amortizado por la droga, no es baja la probabilidad de haber cometido faltas imperdonables que sin embargo no recuerda. Así y todo, en ese momento me sentí como un reo que ha entrado en la cámara de tortura convencido de que no cuenta con la información que sus verdugos pretenden arrancarle, forzado a inventarse algo verosímil, a citar nombres de muertos, de amigos lejanos o pacientes aborrecibles que una tarde cualquiera serían también obligados a confesar crímenes nunca cometidos en colaboración con otros inocentes con los que apenas habían cruzado dos palabras.

Pero esa noche no me bastaría inventar para satisfacer al comisario Dertz Magoian. Ahora sabía que la inocencia es una quimera, y que todos alguna vez hemos cometido un crimen a los ojos de nuestros semejantes. ¿Cuál era el mío? ¿En qué recodo de mi vida estaba ese secreto vergonzoso del que hablaba el comisario y que me había conducido a emboscarme en la ectricina? Con más fuerza que nunca, la convicción vertiginosa de mi ignorancia me llevó a registrar de nuevo los días lejanos de mi sobriedad primera, mi fugaz charla con el viejo Gerini, el incidente de la enfermería y el cuerpo de la chica de la furgoneta. Y recordé también, como el peregrino que llega hasta un santuario largamente buscado, mi segundo encuentro con la abuela de la pequeña Marja. En ese momento preciso, varado como estaba en los arrecifes de mi memoria, no me fue posible saber si la mujer me abordó en plena calle o si la hallé esperándome en la puerta de mi edificio una tarde en que volvía del mercado. Lo cierto es que de pronto estaba ahí, pálida y sola, exhibiendo a plena luz su rostro demacrado. Me bastó mirarla para temer que hubiese venido a insistir en sus ruegos para que le ayudase a encontrar a su hija. Me equivocaba: impávida, la mujer me aferró el brazo y musitó con una solemnidad de pitonisa:

—Mi hija ha muerto, doctor. Usted la mató.

Tampoco sé decir qué ideas pasaron entonces por mi cabeza, qué mezcla de rabia o desconcierto debió de ruborizarme ante ese reproche. Confusamente recuerdo haber retirado el brazo musitando una disculpa. Sin volver la vista atrás, me dirigía a las escaleras cuando sentí un fuerte golpe en el hombro izquierdo. Entonces dejé caer el paquete que cargaba en las manos y giré para enfrentar el rostro desfigurado de la anciana, que esgrimía ante mí una pequeña navaja casera mientras me llamaba asesino con toda la fuerza que le daban su rencor y su amargura. Con un gesto instintivo alcancé a esquivar el segundo navajazo, propinándole a la anciana un empujón que la hizo desplomarse en plena acera. Ahí quedó por espacio de unos segundos, desguazada y jadeante, sollozando todavía sus recriminaciones mientras trataba de levantarse. La rabia había desaparecido de su rostro cuando escuché la primera detonación. Sin dejar de mirarme, la mujer se derrumbó de nuevo en la acera al tiempo que un segundo disparo le destrozaba el rostro. Todo ocurrió tan deprisa que olvidé por un momento mi herida, y en otro gesto automático hice ademán de dirigirme hacia el cuerpo inerte de mi atacante. Pero una voz a mis espaldas me detuvo en seco:

—Vuelva a casa, doctor. Nosotros nos haremos cargo de ella.

Lentamente miré sobre mi hombro herido y distinguí las figuras de dos hombres enfundados en abrigos negros que me miraban desde el portal del edificio. El más bajo llevaba aún en la mano un revólver humeante y me observaba con la frialdad de los que están acostumbrados a matar. Apartando la mirada, recogí el paquete y subí las escaleras como un monje portaría las reliquias de un santo cuyos méritos no está seguro de comprender. Entré al fin en mi habitación, deposité el paquete sobre la mesa y lo contemplé hasta extraviar no sólo sus dimensiones, sino su densidad, su volumen, su probable consistencia bajo pliegues de periódico grasiento. De repente, aquel trozo de carne o de manteca se convirtió para mí en una masa gigantesca que palpitaba apresuradamente, dilatándose y expandiéndose como si quisiera desdibujar también los contornos de la mesa, el ángulo de las paredes, la cuadrícula irresuelta de mis libros, mi cama, mi ropa doblada con cuidado dentro del armario. Un terror inopinado me llevó a maldecir todos esos vuelcos estrambóticos con que el destino se empeñaba en sacudirme. Volví a sentir que en alguna otra parte del tiempo o del espacio se desarrollaba una existencia alternativa a la mía, una vida que usurpaba mi mente, apostada siempre a escasa distancia de mis actos sin que yo fuese capaz de reconocerla. Esa vida, pensé, tendría que estar en alguna otra parte, risueña, contemplando mis tropiezos, provocándolos y protegiéndome luego, desarreglando un mundo que yo deseaba ordenado, desquiciando la causalidad de mis acciones.

El olor de grasa animal me atornilló la boca del estómago. Fui al baño, pero no conseguí vaciar la entraña. Contemplé en el espejo mi rostro, mi barba de días, mi camisa manchada de sangre. Recordé el rostro informe de la anciana desangrándose en la acera y sólo se me ocurrió pensar en la pequeña Marja, hambrienta, desconcertada, mirándome con sus ojos grandes y negrísimos desde la silla giratoria de su cuarto, canturreando débilmente mientras esperaba en vano el regreso de su abuela. Fue entonces cuando decidí pedir mi traslado y, en un gesto de autómata que iba a repetirse incesantemente a partir de aquella tarde, hurgué en mi maletín hasta encontrar en él una ampolleta de ectricina y una jeringuilla hipodérmica.

—Mi secreto, señor comisario —arriesgué al fin—, es que no hay ningún secreto. Usted sabe perfectamente que tengo desde hace tiempo un problema con la ectricina.

Más que molestarle, mi sentencia arrancó a Magoian un suspiro de fatiga. De pronto me miró como lo haría un profesor que acaba de recibir la respuesta equivocada de su alumno predilecto y no tiene más remedio que reformular su pregunta.

—Si no bebe, doctor, ¿por qué frecuenta usted la taberna de la calle Berretti?

—Porque ahí el café es barato y a nadie parece inquietarle que no beba.

El comisario acabó por perder la paciencia. Su estudiada cordialidad se esfumó como un castillo de naipes cuando dio un puñetazo en la mesa.

—Usted no puede hacerme esto, usted menos que nadie. Dígame la verdad o le juro que le haré ver su suerte.

Alertado por el grito de Magoian, uno de sus guardias irrumpió en la oficina preguntando si todo está en orden, señor comisario. Tenía la mano en el gatillo de su arma y nos miraba no como un subordinado que acude en defensa de su jefe, sino como un padre irascible a quien las riñas de sus hijos han despertado de la siesta. Al verle, el comisario se compuso como si en verdad se arrepintiera de su arranque, musitó un sí apenas audible y esperó a que el guardia saliese mientras excavaba nerviosamente en los cajones de su escritorio.

Entre tanto, yo me preguntaba qué endiablado rumbo podía ahora tomar la conversación. Demasiado aprisa habíamos alcanzado ese nivel ingrávido de los interrogatorios donde las fuerzas han sido ya medidas sin que remotamente se divise un resultado. Lo peor de todo era que los gestos e insinuaciones de Magoian me habían envuelto en una atmósfera más bien desconcertante. Ahora no podía deshacerme de la impresión de que el comisario comenzaba a guiar sus preguntas desde una oculta marginalidad, como si detrás de su tambaleante máscara oficial se ocultara sólo un hombre ansioso por obtener de mí una confirmación que, más que condenarme, debía salvarle a él. Por momentos se diría que era él, Dertz Magoian, quien estaba a punto de hacerme una confesión, aunque todavía no estaba seguro de si yo era la persona destinada a absolverle.

La incursión del comisario a las profundidades de su escritorio duró sólo unos segundos y tuvo como resultado que sus manos, temblorosas aún por la rabia, mostraran finalmente un puñado de ampolletas que enseguida reconocí como las que yo utilizaba para transportarme a los territorios del delirio.

—Consta en su expediente que es usted aficionado a la literatura rusa —dijo sin apartar la vista de las ampolletas.

—Así es, comisario.

—¿Conoce usted los escritos de Chéjov sobre sus dificultades para abandonar la morfina?

—Los conozco muy bien, comisario.

—¿Tiene algo importante que contarnos sobre sus visitas a la taberna de la calle Berretti?

—Nada.

Magoian hablaba con indiferencia, como si supiese mis respuestas de antemano. Mientras tanto, alineaba amorosamente las ampolletas sobre su escritorio, desplegándolos ante mí para que pudiera yo percibir con claridad sus destellos, su ambarina consistencia clamando por entrar en mi cuerpo, desquiciado ya por la abstinencia.

—Mire, doctor —sentenció fingiendo resignación—: A un hombre en mis circunstancias sólo le resta buscar un retiro decoroso. Conozco demasiado bien a la gente como usted: el Partido está plagado de informantes que no informan y de oficiales que han olvidado cómo hacer su trabajo. Por eso este país se está yendo a la mierda. A medida que pasa el tiempo, se vuelve cada vez más difícil sostener una red de inteligencia que no da los resultados esperados. Como puede ver, tengo todo lo que se necesita para hacer de su vida un infierno. ¿Piensa usted colaborar con nosotros? Es una pregunta bastante sencilla. No entiendo por qué se niega a responderla.

Por un momento me sentí tentado a reaccionar de manera natural, asegurándole a Magoian que en realidad nunca había sido informante de la policía. Sin embargo, la sola idea de perder mi licencia y verme de súbito desprovisto de ectricina me indicó que ahora tendría que hallar algún recurso consecuentemente ilógico a una situación que iba tomando ya un cariz desesperado. Sin que me diese cuenta y en el espacio de unas horas, el comisario había puesto en evidencia mi vulnerabilidad ensartando ante mí una serie de preguntas cuya respuesta yo mismo ansiaba conocer. Que uno tenga de pronto que explicar algo en lo que nunca ha reflexionado es de por sí una labor bastante ingrata, pero más lo es cuando esa explicación tiene que ajustarse a una línea milimétrica de expectativas que se nos imponen sin más. Todo eso me pareció motivo suficiente para buscar un cambio definitivo de dirección. Con Magoian a la expectativa, medité fugazmente en mis circunstancias, calibré no la verdad, sino las infinitas vías de la mentira, la posibilidad de decirle lo que él quería que fuese *mi* verdad. Acaso entonces fue mi instinto de supervivencia lo que se impuso y me llevó a responder con un énfasis que incluso a mí me sorprendió:

—Si le parece que su pregunta es sencilla, señor comisario, no entiendo por qué no se ocupa usted mismo de responderla. La información que me pide no puedo dársela en este momento, pues no creo estar autorizado para revelarla sino a aquellos que me han encomendado esta difícil misión. Le ruego entonces termine de una vez con este engorroso asunto y deje de perder nuestro valioso tiempo.

Magoian recibió mi descarga con un estoicismo digno de admiración. No alcancé, sin embargo, a leer plenamente en su rostro el efecto de mis palabras, pues en ese preciso instante la bombilla estalló sobre nosotros como si no hubiera podido resistir por más tiempo los violentos cambios de temperatura que habían marcado nuestra charla. Sorprendido por la oscuridad, el comisario emitió una maldición tan abrupta que no me fue posible distinguir si se debía al estallido de su bombilla o a la estupidez que acababa yo de decirle. Con la penumbra vino también un silencio denso, apenas quebrantado por un crescendo de inspiraciones hondas que sólo terminaron cuando Magoian gritó el nombre de uno de sus guardias:

—Lleve a este hombre a su casa —musitó cuando el hombre entró en la oficina deslumbrándonos con su lámpara de mano—. Y fíjese muy bien que nadie vuelva a molestarle —Dicho esto, se inclinó con pesadumbre sobre su escritorio, extrajo otra bombilla y arrastró hacia sí la escalera de aluminio con un gesto de martirio que inexplicablemente me hizo sentir pena por él.

II. LOS HUÉRFANOS DEL *LEVIATÁN*

Un bofetón de náusea me cegó por instantes mientras bajaba del tren en Malombrosa. Hipersensible a las miserias del puerto, o aturdido todavía por mis recuerdos navegados en ectricina, de inmediato confirmé que en un sitio como ése media humanidad estaría buscando algo que la otra mitad no estaba dispuesta a ceder de buenas a primeras. Si bien la perspectiva de instalarme en un ambiente hostil no me era del todo ajena, me pareció esta vez que las cosas tenían matices que era difícil pasar por alto. Por una parte, me tranquilizaba saber que nadie ahí sabía de mi pasado, y que incluso la policía de aquella provincia apartada difícilmente ostentaría la misma omnisciencia de la que hasta hace poco había hecho gala la de la capital. Llevaba además algún dinero, ropa y ectricina suficientes para sobrevivir varias semanas, de modo que no era la indigencia lo que me preocupaba. Era otra cosa, probablemente el temor de volver un día a mi rutina sin haberme enfrentado a los demonios que me asediaban, o quizá la sospecha indiscernible de que ese viaje encerraba la amenaza de una metamorfosis contra la cual había luchado desde mis épocas de estudiante y que empezó a cobrar fuerza cuando la multitud me llevó a empellones fuera de la estación ferroviaria.

A esa hora de la tarde las casas, las calles y las tiendas de Malombrosa mostraban un incómodo silencio de clausura. Nada hacía pensar en la proverbial animación de esos puertos que llevan siglos cobijando putas y marinos en la provisionalidad desalentadora de sus viajes. Cuando al fin pude preguntar a un marinero por un lugar donde hospedarme, éste me miró como si la sola idea de quedarme ahí fuese el mayor de los desatinos. Más tarde, sin embargo, cuando fui a la policía para informar como es debido de mi llegada, los propios responsables del registro me sugirieron que mejor buscase una pensión, pues en esos tiempos los registros de huéspedes eran los únicos fiables con los que podían contar las autoridades. Todavía me parece escuchar la voz de la funcionaria prognata que entonces me dijo en el tono de quien está harto de dar siempre la misma explicación a demasiada gente: —Si tiene dinero, puedo conseguirle lo que sea, excepto una forma legal de registro de llegada. Aquí la ley es lo único que no puede comprarse ni con todo el oro del mundo—. Tras decir esto, me entregó de mala gana una tarjeta con los datos de una pensión de nombre visiblemente extranjero que tenía no obstante la sonoridad nefasta con que todas las lenguas aluden a ciertos insectos ponzoñosos.

Abandoné, pues, el registro con el desconcierto de haber dejado de sentir al mismo tiempo la amenaza y la protección de los poderosos. Una hilera de sirenas de barco se mezcló de pronto con el canto inusitado de un muecín que llamaba por altavoz a la plegaria. Temeroso de que la noche me sorprendiera sin haber hallado abrigo, me aferré a la tarjeta que me había entregado la mujer del registro y me adentré en el pueblo.

Al cabo de media hora desemboqué en un mercadillo a punto de cerrar. En el aire flotaba un olor picante en el que pude distinguir la memoria del clavo, el azafrán, la pimienta, una bacanal de especias cuyos restos cubrían aún el suelo con una alfombra evanescente. Iba a declararme extraviado cuando distinguí, al fondo de la calle, el azul inconfundible con que en otros tiempos se pintaban las fachadas de ciertos moteles administrados oblicuamente por la policía. Sobre la puerta había un letrero donde el nombre de la pensión encabezaba una lista desquiciada de servicios que incluía envíos postales, asistencia mecanográfica para el llenado de licencias navales, renta de instrumental médico para la extracción de muelas y apoyo jurídico en gestiones relativas a no entendí qué oficina de abasto marítimo. Antes siquiera de que hallase el timbre, me abrió la puerta un hombre cuyos lánguidos modales habrían encajado a la perfección con los del responsable de una funeraria. Sin cortesía ni enfado, mi anfitrión anotó los detalles de mi cédula de identidad y me guió en silencio hasta una habitación cuyo único atractivo era un ángulo de mar que se asomaba tímido por la ventana herméticamente cerrada. El graznido agorero de una legión de gaviotas atravesaba aquellos muros visiblemente frágiles, tapizados de amarillo, que franqueaban un camastro de sábanas viejas, un escritorio sin silla y un vaso de plástico que ostentaba una flor anaranjada, también de plástico.

El suelo y el mosaico en el corredor apestaban a lejía. Una cordillera de burbujas de escayola denunciaba que el techo había sido pintado recientemente para disimular una epidemia de filtraciones más bien irreparables. En rigor, nada había en esa pensión que mereciera el reclamo airado de algún cliente sin mejores opciones, pero igual sus muros, su mobiliario y su aire generalizado de limpieza sin esmero me inyectaron una congoja que sólo había sentido en los quirófanos donde hice guardia durante mis años de estudio. Cuando al fin reuní los ánimos para decir algo, descubrí que el hombre había desaparecido sin siquiera molestarse en indicarme dónde estaban los baños. Su ausencia me dejó suspenso en el dintel de la puerta, reiterando en mí que no podría soportar muchos días aquel ambiente de pulcritud policíaca donde cada ángulo podría estar sembrado de ojos, micrófonos y sensores diminutos aunque capaces de registrar el más tenue destello de cierta idea subversiva.

Una sugerencia de miedo me llevó a arrojar mi maleta en la cama y a huir de ahí como si acabara de hallar un cadáver en el armario. Desde el mostrador, mi anfitrión apenas alzó la vista cuando pasé frente a él. De cualquier modo, no tuve que mirarle para percibir el celo con que abrió de inmediato su registro y anotó el minuto exacto en que crucé el umbral de la pensión para entregarme de nuevo al vientre oscuro de Malombrosa.

Lo primero que llamó mi atención cuando volví a la calle fue la manera radical en que la atmósfera del puerto había cambiado durante el breve tiempo que tardé en instalarme en la pensión. Con la noche, Malombrosa había adquirido una vitalidad que desentonaba con el letargo jurásico del mediodía. Callejuelas atestadas de estibadores desembocaban las unas en las otras conformando una intrincada telaraña donde a veces era imposible distinguir el camino al mar. Tendajones, solares y tabernas idénticos conducían a plazas minúsculas donde reinaba siempre el mismo desorden ilícito, las mismas mujeres embozadas bajo un portal cualquiera, pálidas, desvaídas, clavadas en sus faldas como si ocultaran no sólo la promesa de un amor barato, sino auténticos arsenales de armamento soviético, montañas de billetes falsos, raciones desmedidas de manteca o chocolate. Más que una antigua base naval, a esa hora Malombrosa daba la impresión de haber sido arrancada de una mala película de bucaneros a quienes el ritmo del progreso no había dejado tiempo para maquillar la catadura de un actor decadente que busca aún la oportunidad de liarse a navajazos con el primero que se atreva a sostenerle la mirada. Pronto tuve claro que la única manera de no perderme en ese carnaval del filibuste sería olfateando la línea del mar, adonde me guiaron el salitre y el fulgor providencial de varios mástiles que se agolpaban en el muelle. También ahí las embarcaciones y sus tripulantes eran presa de una agitación desconcertante: marinos ebrios bajaban de sus barcos empujando contenedores de aluminio, cajones y costales que se perdían en el seno de largos galerones que recordaban linternas mágicas olvidadas en la playa por una familia de saltimbanquis inmensos. Poco a poco, aferrado como un náufrago a aquella oscura línea de agua, remonté el malecón hasta que el barullo quedó atrás y las luces de Malombrosa languidecieron, adquiriendo una tonalidad de lejanía que siempre me devolvió la paz.

Caminé así durante un rato, apaciguando mi respiración como si acabara de escapar de un mal sueño. Entonces, como nacidos de la oscuridad creciente, escuché los acordes de una canción de Kurt Wessel. Atraído por esa isla de calma en una tormenta de gritos y coros beodos, comencé a buscar con ansiedad el origen de la música. Finalmente llegué hasta una especie de taberna en cuya barra dormitaba un hombre de rostro agitanado. Me acerqué a él sin pensarlo y le pedí un café negro en la misma mediavoz con que lo hacía en el tugurio de la calle Berretti. Pero el hombre me miró como si acabara de preguntarle el monto de sus honorarios por asesinar a mi madre. —Hace por lo menos treinta años que no servimos café en este lugar —dijo como si transmitiese un secreto de Estado, y con esto puso frente a mí una taza desbordada por una bebida blanca y viscosa cuyos componentes preferí no averiguar. Entonces la canción de Wessel se interrumpió de golpe y la máquina tragamonedas, alimentada por alguien más a mis espaldas, impregnó el aire con los acordes de un aria en la que pude reconocer el timbre angélico de la Trivessi. De repente fue como si aquella voz, venida de un rincón luciente de mi adolescencia, me hubiese tocado el hombro para decirme que, a pesar de mi aparente extravío, estaba en la senda correcta, acaso no para hallar a la Leoparda, sino a ese otro personaje que, desde mi interior, había empujado mis pasos y vivido mi existencia sin que yo pudiera jamás evitarlo, no digamos comprenderlo.

Tal fue el pasmo que me provocó escuchar a la Trivessi, que tardé más de un segundo en buscar a quien tendría que haber elegido para mí esa canción exacta. Pero aquel enviado celestial había desaparecido. Miré entonces a través de la ventana y mis ojos se cruzaron fugazmente con los de una mujer lívida que me observaba como lo haría una bella ahogada desde el fondo de un aljibe. La visión duró apenas un instante, pero los rasgos de la mujer, acentuados por su cabellera hirsuta y abundante, me estremecieron de golpe con el recuerdo imposible de la muchacha levantina a la que había amado brevemente treinta años atrás. En un parpadeo dejé de verla, negué haberla visto, volví a reconocerla y finalmente abandoné la taberna con la urgencia incontrolable de alcanzarla.

Todavía aporreaban mis oídos las imprecaciones del gitano exigiéndome su pago, cuando descubrí que llevaba un rato corriendo cuesta arriba en una calle escalonada que se perdía en los bordes de un acantilado. Por ella llegué hasta una nueva plaza, la última, en cuyos márgenes se imponía la fachada de una casa gigantesca profusamente iluminada en su interior, casi un palacete del que emergían risas, más música, un tintineo de botellas en trance de ser vaciadas o rotas. Una mujer obesa fumaba plácidamente en el cobertizo con el aire de una madame habituada a calibrar y confortar a quienes se aventuraban en su territorio. A despecho de mi proverbial tendencia a no enredarme con ese tipo de lugares, en ese momento preciso no lo pensé dos veces y me acerqué a la matrona. Iba a pronunciar un sofocado buenas noches cuando ella se adelantó a mis propósitos con desarmante familiaridad: —Qué bueno verle por aquí, doctor. No creí que fuese a visitarnos tan pronto—. Su saludo me pareció extraído de uno de esos espacios soñados que amenazan con volverse pesadillas sin que nunca pasen de ser eso: un sueño, un grupo ominoso de signos que sin embargo no acaban de espantarnos. Entonces, como si quisiera acentuar el efecto que su presencia iba teniendo en mi ánimo, la mujer se inclinó hacia delante para que yo, llevado de una sorpresa en otra, reconociera la mandíbula prognata y los ojos diminutos de la funcionaria que esa misma mañana se había negado a registrarme en la oficina policial del puerto.

Cuando no me esmero como debo en la docilidad que exigen mis guardianes, recibo indistintamente una inyección de zulfasina o de haloperidol. La primera aumenta dramáticamente mi temperatura corporal, produciendo un dolor insoportable y reduciéndome a un letargo similar al que provoca la ectricina en el que no obstante conservo la lucidez. El haloperidol, en cambio, me perturba completamente el juicio, y es en sus brazos que padezco alucinaciones que me remiten a ciertas imágenes que no parecen propiamente recuerdos, sino inventos o hipérboles de algo que viví sin darme cuenta hace mucho tiempo. Tirado en la cama o acurrucado en un rincón de mi celda, distingo el eco de los pasos de cada uno de los habitantes del puerto de Malombrosa tan claramente como la voz de la mujer de la casona. De repente soy capaz de identificar todos los sonidos, todas las risas que surgen a sus espaldas e incluso el runrún ya apagado de la canción de la Trivessi y los pasos espectrales de la muchacha que me ha conducido hasta ahí. Y puedo también identificar lo que nunca he escuchado o lo que he dejado atrás: el rumor de una falda que es levantada con ansiedad por las manos de un marinero, el estruendo de cajones arrumbados en una bodega o el suspiro mesurado del recepcionista de mi pensión, a quien imagino insomne, preguntándose por qué tardo tanto, rebuscando las palabras con las que redactará el informe de mi súbita desaparición. No necesito forzar la memoria para sentir el olor mentolado del cigarrillo de la madame o para ver nuevamente sus ojos felinos, la fronda de sus manos anilladas, la cinta verde en el pelo, el lunar obscenamente grande que se ha pintado en la mejilla como signo preclaro de su deseo de diferencia, de la división natural entre la parquedad de sus funciones policíacas y su barroca condición de proveedora del placer.

La miro y siento que, más que molestarme, reconocerla me ha causado cierto alivio. Que esa mujer precisa, objeto de tan peculiar transformación, me reciba con la noticia de que ha estado esperando mi visita, genera en mí una sensación distinta de la que solían provocarme quienes antes dominaban el secreto resorte de mi vida. A las voces del comisario Dertz Magoian y de la anónima anciana que alguna vez quiso asesinarme, contrapongo ahora la voz afable de aquella madame que no me trata como a un informante digno de temor u odio, sino como al individuo ansioso y errátil que siento ser en ese momento. Descubro una coherencia inusitada en el doble cariz de esa mujer. En ella, los extremos no chocan como hacían con el infortunado comisario Magoian: más bien se unen, se tocan con naturalidad como si conformasen esa línea circular, perfecta y lógica que une el poder con la necesidad.

Impasible ante mi asombro, la mujer termina de fumar, guarda su boquilla en el escote y me indica con ademán cortesano que ingrese en la casa. Sujeto a sus designios, descubro en mi recuerdo que la temperatura de mi cuerpo no se ha disparado como cuando me inyectan sulfazina, sino que decae de manera dramática aunque más bien placentera. Al entrar en la casona siento el abrazo súbito de una densa nube de calor que viene asistida por más humo, por una vaharada de cuerpos que aspiran y exhalan abrumando las ventanas. Reina en el lugar una luz acogedora que contrasta con el brillo fúnebre de mi hotel en el puerto. Cautivas indudables del festivo amotinamiento de la carne, las estancias de la casa dejan a la vista auténticas barricadas de divanes, sillones y almohadas cuyo tapiz, en todas las variantes del rojo y el rosado, exhibe sin pudor sus entrañas de hule espuma, lamparones y rasgaduras que sugieren trifulcas de navaja. Desde el piso superior se vuelca sobre mí una cascada de gemidos intermitentes que descienden por la escalera abrazándome con su promesa de transgresión y olvido. Aun desde el recibidor me es posible observar las puertas entornadas de algunos cuartos en cuyo interior se anuncian fragmentos de carne, manchas indistintas de piel muy blanca, cordilleras de sábanas que a veces se alzan para mostrar dos, tres cuerpos que navegan en una marejada sin sosiego.

—Basta que me diga hasta dónde está dispuesto a llegar y cómo piensa pagarlo —me interrumpe la madame como el reyezuelo de un país indómito que recibe a un embajador sin experiencia—. Ya le he dicho que tenemos límites para todo, pero aquí se sorprenderá de lo difícil que es alcanzarlos.

—Busco a alguien, señora —tartamudeo sin poder arrancar la vista de los pisos superiores—. Busco a alguien, pero no estoy seguro de que éste sea el lugar para encontrarle.

De inmediato me arrepiento de haber hablado. La droga de muchos años después o la abstinencia de entonces, el cansancio, la atmósfera desbordada de la casa en el acantilado y la presencia de aquella mujer me han conducido hasta un estado onírico en el que me es imposible razonar. Mi boca funciona con resbaladiza espontaneidad, entregada a las intuiciones y mandatos de la más rotunda inmediatez. Ya no me preocupa si la madame escucha con claridad mis palabras o si el espectro de cabello negro al que venía siguiendo se encuentra en esa casa. Tan sólo quiero ser escuchado, necesito que la madame me proteja e incluso ansío que sea ella quien me diga qué es lo que en realidad me ha conducido hasta ahí.

Al cabo de un largo silencio, la madame extrae nuevamente su boquilla y musita:

—Despreocúpese, doctor. Si no tenemos lo que necesita, hallaremos quien le ayude a olvidarlo.

—No es eso lo que busco —miento al fin—. Necesito encontrar cuanto antes a la Leoparda.

De no ser por el maquillaje que cubre en abundancia sus mejillas, juraría que la madame ha palidecido. Muy pronto se recompone, finge recordar y anuncia al fin con visible desprecio:

—Hace falta tener mucho valor o mucho miedo para llegar hasta aquí preguntando por la Leoparda. ¿Quién le manda?

—El comisario Dertz Magoian. Me dijo que ella sabría ayudarme mientras las cosas se tranquilizaban. Eso es todo.

Mi anfitriona ha perdido el aire cordial que mostraba hace unos minutos. Un velo de sospecha le ensombrece la frente, le dispara la mandíbula hasta darle un aire simiesco y terrible. Por un momento sus ojos mínimos buscan un lugar donde posarse, recorren el edificio como si acabaran de descubrir en la fiesta un detalle inquietante. Su mirada se detiene en la mía, me descuartiza y, a la vista de mis entrañas, se suaviza con el brillo de quien está acostumbrado a tomar decisiones sin demasiado tiempo para calibrarlas.

—¿Qué le parece la pensión que le recomendé, doctor? —me pregunta a quemarropa.

—Una miseria.

La madame asiente, satisfecha al parecer con mi respuesta, y me indica con un gesto de la mano que la siga. Mientras subimos la escalera me hace vagas promesas cuyos detalles no entiendo o no recuerdo. Llegamos hasta una habitación que me recibe con una inesperada calidez. La cama ha sido dispuesta con un esmero más bien doméstico y sus muros están adornados por paisajes borrosos de puertos, plazas y montañas que se difuminan bajo atardeceres de un rabioso color rosado. Sin añadir palabra, la madame me abandona impregnando el cuarto con una última bocanada de humo. Entonces comienzo a desvestirme con la morosidad de un primerizo y hago acopio de paciencia mientras temo la llegada de una muchacha en la que deseo descubrir al fantasma de mi bella levantina.

Pero ha pasado casi una hora cuando caigo en la cuenta de que esa noche no vendrá nadie a buscarme. Comprendo al fin que he llegado a mi destino y que de ahora en adelante la Leoparda sabrá decidir mejor que yo qué es lo que en verdad estoy buscando.

Desnudo aún, sentado como entonces en el borde de esta cama distendida que podría ser la de mi muerte, contemplo mi celda y añoro más que nunca aquella habitación en el burdel de Malombrosa. Tal vez últimamente mis celadores se han excedido en sus dosis. O es quizá la carta de Marja entre mis manos lo que ahora me devuelve la entereza y la lucidez con que esa noche en la mansión de la Leoparda volví a analizar mi situación. Leo la carta, percibo la desgana con que ella me habla de su vida reciente, su regreso al puerto, su infinito fracaso, la consternación de quien no acaba de entender por qué los años la han vuelto más fría, como si la muchacha a la que tanto amé hubiese cambiado de piel para descubrir que su nuevo rostro no es mejor que el anterior. Termino de leer y miro de nuevo esa puerta que, al menos esta noche, no se abrirá para fantasmas ni putas ni guardias ataviados de enfermeros. Vuelve a dispararse mi memoria, aunque esta vez lo hace con modales apacibles, lejos ya del caos somnífero que me ha asediado hace unas horas, mientras me inyectaba ectricina a bordo de un tren repleto de desconocidos. Los recuerdos desfilan ante mí ya no como imágenes a medias concertadas en los pantanos de la droga, sino con una calidad más pura, filtrada por mi repentino ánimo de comprenderlo y razonarlo todo. Sin angustia me dejo conducir por la potencia inesperada de hallar explicaciones antes que de alimentar la confusión que ha comenzado a abandonarme desde que reconocí a la madame en el umbral de la casona. En alguna parte del edificio se escuchan aún risas femeninas, un hombre exige que por piedad lo liberen de esta prisión infame, retumba el techo con un golpeteo en el que no sé distinguir el ritmo del amor o las cabezadas de un interno que al fin se ha resignado a perder el juicio. Entonces vuelvo a pensar en el comisario Dertz Magoian, invoco su miseria de bombilla eléctrica y revivo al monstruo que juntos desencadenamos en la persona del terrorista Eliah Bac. Pienso asimismo en las cosas que ocurrieron luego de nuestro primer encuentro en la comisaría, en aquellos sucesos desmedidos o bizarros, sujetos a las condiciones no sólo de lo brutal, sino a ese reino tenebroso donde la cobardía y el heroísmo se confunden para convertirse en símbolos, en gestos aparentemente absurdos que, sin embargo, nos sacuden como un arácnido invisible nos inyectaría cierta enfermedad fulminante.

No sé ya si debo atribuírselo a la historia o si es simplemente mi imaginación lo que ha intoxicado el recuerdo que conservo de los hechos que motivaron la rebelión de Eliah Bac, la muerte de Magoian y mi partida hacia Malombrosa. A menudo la mente nos engaña de ese modo y nos lleva a creer que algún suceso insospechado estaba ya veladamente inscrito en cuanto hicimos o escuchamos la víspera. De repente, las palabras, los eventos y los actos que anteceden un desastre adquieren una sugerencia de augurio, y todo ello nos parece una idea premonitoria que, sólo después de la sacudida, somos capaces de señalar tramposamente, con vaga admiración. Bien puede ser que los días previos a mi partida hacia Malombrosa fueran idénticos a cualquier otro de los muchos que vivimos aguardando la ruina del Gran Brigadier, pero yo ahora los percibo como los últimos de una intensa expectativa, algo así como la cola de esa larga sucesión de sinsentidos que comenzó a gestarse en cuanto dejé al comisario Dertz Magoian cambiando una bombilla en la oscuridad de su oficina.

Aun desde el momento en que el guardia del comisario me abandonó en mi habitación con un gruñido tan hostil como ominoso, aun en las noches sin luna ni sueño que vinieron más tarde, me bastaba mirar a la calle para advertir la opacidad con que el interrogatorio de Magoian me había velado los ojos, trastocando una vez más la versión que hasta entonces había tenido de mí mismo. Si en otros tiempos mi singular idilio con las autoridades se había basado en situaciones relativamente ajenas a mi deseo, ahora me torturaba pensando que mi libertad en ese instante preciso se debía tan sólo a un pecado por completo intencional: por primera vez en mi larga trayectoria de arrestos breves y traiciones vagas, había mentido conscientemente a la policía. Y sólo esa mentira, sólo aquella insinuación de que me hallaba sobre el rastro de una supuesta conjura, me había salvado momentáneamente del encono del comisario.

A menudo, cuando esa convicción de haber mentido a las autoridades se volvía intolerable, me engañaba creyendo que mi alarde había bastado para mantener las atenciones que hasta entonces me habían prodigado. Con el paso de los días, sin embargo, comprendí que ciertas mentiras necesitan cultivarse para seguir existiendo sin que se revele su auténtica naturaleza. Bien lo había dicho el comisario en su interrogatorio: el Partido no estaba ya en condiciones de sostener el espejismo que había ido construyendo con los años, su forma falsa de verdad estaba a punto de morir de inanición y requería por ende que todos sus aliados y todos sus recursos fuesen dedicados a alimentarla. En una palabra, la nuestra era en gran medida una carrera contra el tiempo. Y Magoian lo sabía perfectamente: si había recibido de mí alguna esperanza de obtener información para saciar a sus superiores, no descansaría hasta haberlos satisfecho o hasta haberme destruido con toda la fuerza que pudieran darle su resentimiento o su desesperación

Fue ante esa encrucijada que decidí resucitar a Eliah Bac. Resolví apropiarme de su vida porque sólo yo conocía su muerte y porque sólo yo, por tanto, podía reintegrarle a la existencia sin que a él le importara un bledo que le diese una segunda oportunidad sobre la tierra. Después de todo, pensé, no era aún demasiado tarde para reconocer que la clave de mi vida podía hallarse no sólo en mi historial de soplón improvisado, sino que bien podía remontarse más allá, más adentro, hacia ese lugar de la memoria donde duermen ciertas confesiones que en su momento nos parecieron banales, pero que años después salen a flote hinchadas por el cansancio, la angustia o la mera necesidad.

No sé ni me importa gran cosa establecer hasta qué punto me había negado a recordar la historia de Eliah Bac o en qué medida me llevaron a hacerlo las amenazas del comisario. Faltaría a la verdad si dijese que revivir los detalles de la desgracia de aquel muchacho fue una especie de iluminación; si afirmase, por ejemplo, que un día de tantos desperté con su historia entre los ojos, tan viva y nítida como si la hubiese arrastrado a la vigilia después de un sueño intranquilo. No fue así: el drama de Eliah Bac entró sigiloso por la puerta trasera de mi memoria, convocado por una de esas asociaciones arbitrarias con que hierve el cerebro cuando se le somete a la irritación de la droga o simplemente del miedo.

En los días inmediatos a mi primera conversación con el comisario, creí que no sería difícil conseguir las pruebas que éste me exigía para seguir abasteciéndome de ectricina. En un tiempo donde cualquier cosa era digna de sospecha o de denuncia, pensé que me bastaría abrir los ojos y escuchar con atención las turbias conversaciones de café que en otros tiempos había fingido ignorar. Cualquier asunto, cualquier frase sospechosa podría servirme para demostrar que efectivamente se estaba gestando una conjura en el país. Estaba seguro de que no faltaría una broma subida de tono, un desliz, una octavilla bajo la mesa, en fin, cualquier hilo que permitiese a un profesional de la suspicacia como Magoian desovillar a placer una madeja de subversiones, crímenes políticos y denuncias que pagarían mi sosiego por un tiempo ilimitado.

En menos de una semana, sin embargo, comprendí que también la traición requiere talentos de los que carezco. Aun filtrados por mi ansiedad, o tal vez por eso mismo, los más hoscos parroquianos de la taberna de la calle Berretti comenzaron de pronto a exhibir una inocencia francamente desalentadora. Y aquellos actos que antes me habrían parecido dignos de ser denunciados como signos de una conspiración se redujeron a hilarantes provocaciones, lamentos equívocos que el comisario Magoian ni siquiera se habría molestado en registrar. Perdido como estaba en el callejón de mi propia mendacidad, me daba cuenta de que tantos años bajo el régimen nos habían adiestrado para ejercer una espontánea, inconsciente discreción: cuando una frase agreste era lanzada al aire del tugurio, iba siempre acorazada en la ambigüedad, siempre con la inercia apenas necesaria para rozar los bordes del delito y retirarse justo a tiempo, como por arte de magia. Jamás escuché nada que sobrepasara de manera explícita los márgenes de la ley, nada que no fuese equívoco, impalpable, siempre insuficiente para ser considerado en verdad sospechoso y merecer una delación. Diríase que la única conjura en boga por esos días era aquella encaminada a restregarme mi torpeza por haberme metido en un embrollo del que no habría forma de escapar.

El comisario Magoian, entre tanto, se ocupó con eficacia de recordarme su amenaza y su poder. Cuando mis reservas de ectricina comenzaron a mermar visiblemente, remití al Ministerio de Salud un pedido que en otros tiempos habría sido satisfecho sin reparos, pero que ahora obtuvo como única respuesta una carta donde se me pedía aclarar los nombres y cuadros clínicos de los pacientes a los que sería destinado el medicamento.

En rigor, aquello aún no podía ser considerado como un corte definitivo de mi suministro, pero era un claro indicio de que las reglas del juego habían cambiado y que el comisario seguía esperando mis denuncias a cambio de mi tranquilidad.

Debió de ser en esos días cuando comencé a imaginar el rostro del comisario Dertz Magoian como la máscara de un saurio inmenso, ávido de información, de datos y delaciones que por fuerza tendrían que ser verídicos, precisos e irrefutables. Nunca he sido muy afecto a las metáforas que sobrepasan los bordes de la poesía, pero en ese tiempo la ectricina me inundó con pesadillas de un simbolismo tan ramplón como humillante. Deliraba, por ejemplo, que las puertas dentadas de la oficina del comisario se abrían para mostrar una caldera que yo debía abastecer con una pala minúscula. Otras veces era el propio Dertz Magoian quien trataba de engullirme en compañía de innumerables pececillos de colores. Confrontado al despertar con la obviedad de aquella alucinación, me avergonzaba que mi angustia sólo pudiese manifestarse así, a través de imágenes pueriles, lógicamente extraídas de pasajes bíblicos o cuentos de hadas que me habían sido insuflados en una infancia no precisamente feliz. Más que un profeta reticente devorado por un escualo inmenso, me sentía como la torpe marioneta que, atrapada en el vientre de la ballena, sopesa en balde su perspectiva de convertirse en un hombre de verdad.

Por extraño que parezca, fueron precisamente esas visiones las que me llevaron hasta el recuerdo de la historia de Eliah Bac. Poco a poco aquellos sueños con calderas insaciables, puertas dentadas y peces inmensos fueron desplazados sin motivo aparente por la imagen de un grupo de niños que corrían junto a un muelle cercado de barcazas, remolcadores y submarinos corroídos. No tuve que pensarlo mucho para entender que esa visión no provenía de mi propia infancia, sino que alguien más la había sembrado en mi imaginación. Entonces hice cuanto pude por apartar aquella escena de mi mente, de por sí abrumada por mis propios quebrantos, pero los niños siguieron visitándome, sus juegos y trifulcas junto al mar me acompañaron sin tregua, me asediaron y acabaron por cercarme una tarde de noviembre en que, buscando el nombre de un paciente que justificase fuertes dosis de ectricina, di por casualidad con la ficha clínica del sargento Kirilos Grieve.

Mal se había esmerado mi asistente en completar aquel viejo registro, pero no pude culparla: a juzgar por su cuadro clínico, el tal Grieve apenas había asistido un par de veces a mi consulta para tratarse una cirrosis fulminante. Si bien aquello había ocurrido hacía más de siete años, poco después de mi traslado al territorio de Magoian, no tuve que esforzarme demasiado para rescatar a aquel paciente de mi memoria con cierta inusitada nitidez: ahí estaba, enorme, sentado frente a mí en una silla demasiado endeble para ayudarle a soportar el fatal dictamen que acababa yo de darle. Aún llevaba abierta la camisa que se había quitado para una última e inútil revisión. No alcancé a distinguir en mi memoria los detalles de su rostro, pero igual conseguí atribuirle la hinchazón, las arrugas prematuras, el tono asalmonado de los muchos bebedores que desde entonces se han cruzado en mi camino. En cuanto volví a decirle que no le quedaba mucho tiempo de vida, Grieve bajó los ojos como si buscase en su entrepierna una mancha vergonzosa o una rasgadura irremediable. Iba a aclararle que la consulta había terminado cuando él alzó la cara, tragó saliva y pronunció el nombre de Bac como si respondiese a una pregunta que yo no recordaba haberle hecho.

—Eliah Bac, doctor —repitió sin darme tiempo para fingir que no le había escuchado—. Usted no sabe cuánto pesa un muerto.

En el lapso de un segundo Grieve había sufrido una brutal transformación. Ya no se veía extraviado ni deshecho por mi diagnóstico. Algo más ocupaba ahora su mente y se reflejaba en su voz, ya no apagada, ya no amedrentada por la inminencia de la fatalidad. Incluso sus ojos reflejaban una firmeza que habría sido impensable instantes atrás. Era la mirada propia de quien está a punto de adentrarse en la noche y se detiene para deshacerse de un fardo que a esas alturas se ha vuelto innecesario soportar.

Grieve comenzó a abotonarse la camisa con una lentitud más bien hierática. Las palabras de mi asistente apaciguando a otros enfermos en la sala de espera amortizaron su voz rasposa hasta darle una sugerencia de secreto. —Por lo menos —añadió— ya no les daré el gusto de castigarme—. Hablaba como si estuviese efectivamente muerto, o peor aun, como si mi diagnóstico le hubiese ayudado a asumir que llevaba siglos habitando el inframundo.

—Procure dejar de beber —le aconsejé en un último esfuerzo por atajar su amenazante locuacidad—. Nunca se sabe en estos casos.

Pero Grieve me miró como se mira a un jugador sin suerte que pide un nuevo plazo para saldar un pagaré impostergable.

—No —replicó—. Ya va siendo hora de acabar por una vez con este asunto.

Un tremor babeante dibujó en su rostro la amenaza de quienes saben hacerse obedecer. Derrotado, bajé finalmente la guardia y me senté en el borde del escritorio, anunciándole con ello mi resignación a escucharle.

El relato debió de ser menos detallado de como lo recuerdo, pues apenas discurrió en el tiempo que a Grieve le tomó vestirse. Es posible que yo mismo lo haya ido retocando a medida que el azar o la necesidad me han llevado a repetirlo. Ni siquiera estoy seguro de que haya sido el sargento Kirilos Grieve quien esa tarde incrustó en mi memoria la imagen de los niños del embarcadero. Bien puede ser que aquella escena, como tantas otras que ahora evoco en la vejez y la fatiga, haya sido solamente otro invento en esa borrasca de quimeras que han terminado por hacerme dudar incluso de mi propia existencia.

Lo que sí puedo asegurar es que fue el sargento Grieve quien me advirtió por vez primera sobre las miserias del puerto de Malombrosa. Ese infierno, dijo entonces mientras luchaba aún con los botones de su camisa, ese puerto de mierda donde no valía la pena ser soldado, doctor, porque ahí sólo importaban los submarinistas, una hueste de oficialillos imberbes que se creían ungidos por los dioses y miraban con desprecio a todo aquel que no tuviese las agallas para pasar medio año a por lo menos treinta metros de profundidad. Llegaban a Malombrosa cada cierto tiempo, altaneros y aniñados, recién salidos de la Academia Naval. Invadían las tabernas con sus abrigos azules y sus gorras ribeteadas, seducían a las muchachas casaderas, se quedaban con las mejores casas del sector y traían después a sus legítimas esposas, también jóvenes, preñadas ya, resueltas a parir sin ellos y a criar sin ellos a una legión de niños que se trepaban a las barbas de cualquiera sin que nadie se atreviese nunca a meterles en cintura.

—Los peores eran los tripulantes del *Leviatán* —sentenció el sargento con mal disimulado encono—. Y por eso Dios los castigó.

Tardé más de un pestañeo en dar sentido a aquella frase de Grieve. La sola mención del *Leviatán* me sacudió de pronto con un alud de referencias inútiles o de plano descabelladas que retumbaron en mi mente como un grito corrompido entre los ecos de un barranco. Libros no leídos, sermones y charlas de viejas fueron descartados sucesivamente en mi memoria hasta que al fin conseguí ligar al *Leviatán* con el legendario submarino N-36. Entonces, retomando la sentencia de Grieve, quise invocar la agonía de aquella mítica embarcación por mares procelosos, su debacle como en pago a algún pecado de sus tripulantes contra el dios de los océanos. No, me dije al fin con cierto alivio: el *Leviatán* no había sido castigado por la soberbia de sus tripulantes, como quería el sargento Grieve, o al menos no era ésa la versión que de su ruina nos había sido enseñada en los discursos oficiales, en los libros de texto o incluso en la placa metálica que todavía, en algún solar del centro de la capital, adornaba el tosco monumento a los mártires de aquella embarcación imbatible que, aseguraban, se había inmolado hacía años en el Ártico para evitar que la capturase el enemigo.

Mientras trataba de ordenar mis remembranzas del N-36, Grieve había acabado de vestirse y estaba parado junto a la puerta, estatuario, rígido, con su raído abrigo militar doblado en el antebrazo izquierdo, no como si estuviese por partir, sino como si acabara de llegar y esperase que alguien le indicara dónde debía sentarse. Al verle así tuve de pronto la espantosa sensación de que yo aún debía anunciarle que le quedaba a lo sumo un mes de vida. Entonces volví a verlo tal y como había ingresado en mi consulta, y comprendí que mi diagnóstico no le había tomado por sorpresa. La mía había sido sólo una confirmación de sus sospechas y de sus ganas de contarme un crimen que llevaba muchos años envenenando su alma. Por qué me eligió para hacerlo, es algo que hoy sólo puedo explicarme por la inmensidad de su abandono y porque era notorio que Grieve no tenía por entonces nadie mejor en quien descargar su culpa.

Mas no quiero insistir en los motivos que pudo tener ese hombre para entregarme el relato de su crimen. Son mis razones para haberle recordado años más tarde lo que debiera ocuparme. Básteme decir que esa historia iba a convertirse en mi motivo, descarnada como es y como el propio Grieve terminó de narrarla aquella tarde, premioso, sin detenerse apenas, como si ya fuera tarde para llegar a su cita con la muerte: Eliah Bac, me aclaró el sargento desde la puerta de mi consulta, era el huérfano de un subteniente del *Leviatán* que cierto día cayó en el despropósito de asegurar que el Gran Brigadier había ordenado el hundimiento del N-36 cuando supo que sus tripulantes habían resuelto desertar en masa y entregar el submarino al enemigo. El propio Grieve, convencido aún de que su deber era mantener intacto el buen nombre de la Gran Flota del Norte, denunció a aquel muchacho en varias ocasiones, esperando que su corta edad no le eximiese de las represalias que a cualquier adulto en su lugar le habría acarreado semejante perversión de los hechos. Pero cuando entendió que sus denuncias servirían de muy poco para detener al insidioso Eliah Bac, resolvió tomar aquel asunto en sus manos y citó al chico en un antiguo remolcador con la promesa de entregarle pruebas claras de que el *Leviatán* había sido efectivamente hundido por órdenes del Gran Brigadier. —Yo sólo quería asustarle un poco —me confesó Grieve en uno de esos raros instantes en que parecía ganarle el remordimiento—. Pero ese maldito muchacho no estaba para escuchar consejos—. Entonces procedió a contarme una escena que hubiera podido ahorrarse, pues cualquiera en mi lugar habría leído en sus pupilas inyectadas el fulgor tardío del puerto, la peineta inversa de los barcos atracados en el muelle, la figura de un adolescente, casi un niño, que sale una tarde de su barraca en Malombrosa sin sospechar lo que le espera. Alguna cosa habrá dicho a su madre, un pretexto, el mismo que usaría hasta hace poco para salir a fumarse sus primeros cigarrillos. Quizá antes de salir ha mirado de soslayo el oficio donde le confirman la muerte heroica de su padre, y habrá palpado sin abrirlo el armario donde su madre guarda el espadín de la Academia Naval, recortes de periódico, la foto brumosa del cadete que la cautivó en la juventud. Sin duda, Eliah Bac tiene un poco de miedo, pero también la ilusión torpe y desbordada que le pueden permitir sus quince años, dieciséis a lo sumo. Y cabe creer también que lleva días pensando en lo que hará cuando al fin tenga en sus manos la prueba definitiva de que el Gran Brigadier hizo hundir al N-36, esa revelación que le permitirá vengarse no sólo de la historia, sino de su propio padre, a quien piensa arrancar del paraíso de los héroes oficiales para situarlo acaso en uno más acorde con su propia idea del mundo.

Ha anochecido en el puerto de Malombrosa cuando Eliah Bac llega hasta el muelle. Lleva en sus bolsillos todo el dinero que ha podido reunir y una botella de aguardiente que Grieve le ha exigido para cerrar su trato entre caballeros. Es la época el año en que el viento austral acarrea al puerto una calidez insospechada en esas latitudes, pero él se emboza igualmente en el abrigo de su padre hasta que llega al remolcador y distingue en el puente de mando una silueta que ahí le aguarda.

El hombre que le ha citado no es viejo, acaso un tanto avejentado por la bebida. El chico se aproxima, lo saluda, lo reconoce porque le ha visto alguna vez en las zonas tabernarias del puerto, mas no puede recordar su nombre. Intercambian un par de frases hasta que Grieve le pide que baje con él al camarote. A pesar de su creciente reserva, el chico accede a entregarle el dinero y la botella. Mientras bebe, el sargento habla con seguridad, aunque a veces se interrumpe como si aún dudase en revelarle su secreto. El muchacho aguarda; no ve su destino, no lo intuye. Grieve le extiende un legajo de papeles oficiales, los deja caer al suelo. Eliah Bac se inclina para recogerlos y cuando alza la vista se encuentra no con la mirada del sargento, sino con la boca de un revólver que esparcirá sus sueños esponjosos sobre las paredes del remolcador y sobre ese abrigo azul que su asesino, satisfecho y airado, se pondrá sobre los hombros antes de deshacerse del cadáver y luego de abandonar mi consultorio en un octubre de muchos años más tarde.

Tal vez en otro nudo de la historia las extrañas consecuencias del relato del sargento Grieve no habrían pasado de ser eso: dislates, enigmas vanos que el propio régimen habría podido fácilmente descartar como fruto de una imaginación descabellada. Y acaso tampoco habrían muerto tantos inocentes, tantos otros hombres y mujeres que acabaron en el fondo de esas fosas clandestinas donde iban a parar los terroristas, los traidores o simplemente quienes tuvieron el mal tino de hallarse un día en el sitio equivocado.

Pero es ocioso especular con lo que hubiera sido. Ni siquiera vale la pena imaginar lo que habría ocurrido conmigo si, luego de recordar la confesión de Grieve, no hubiese decidido utilizarla y reinventarla para resarcir mis propias deudas con el comisario Dertz Magoian. Básteme decir que una mañana de diciembre, días después de haberle dicho a Magoian que un tal Eliah Bac estaba planeando un golpe mayúsculo, desperté ignorante de que mi propia historia estaba a punto de dar un tremendo vuelco. Ningún rostro daba a primera vista la impresión de saber algo que yo aún no supiera. Más adelante, sin embargo, a medida que me fui adentrando en la ciudad y su jornada, las consecuencias de mi temeridad emergieron gradualmente ante mis ojos hasta adquirir las dimensiones de la euforia.

Para ese entonces el invierno había irrumpido en la ciudad con su ominosa carga de melancolía. Las plazas y las calles más transitadas tenían ahora un aspecto selenita. Los edificios, las aceras e incluso los ánimos parecían amortiguados por esa luz crepuscular que caracteriza los cuadros de ciertos pintores eslavos, a cuya vista uno no tiene más remedio que experimentar la molicie de la nieve, el sosegado cansancio de las figuras humanas, siempre escasas, que vuelven a casa como desertores de un ejército vencido al que nunca se sintieron leales. Así me sentía yo mientras dejaba que mis pasos me llevasen ese día hacia el hospital; así me deleitaba en el respiro que el fantasma de Eliah Bac venía inyectando en mi ánimo desde que resolví traerle de vuelta al mundo de los vivos y utilizarlo para cumplir con mi deber de soplón. Hacía tiempo que el comisario Dertz Magoian, agradecido por la información que le había dado sobre las supuestas actividades subversivas de un tal Eliah Bac, había reactivado generosamente mi provisión de ectricina, de modo que también mi cuerpo podía mecerse al fin en su reparadora somnolencia. Por una vez podía sentir que mi voluntad se hallaba por encima del azar, y me congratulaba de que la vida de otro hombre, así fuera un espectro, dependiese ahora enteramente de lo que yo hiciera o dejara de hacer por él.

Confieso, por otra parte, que aún me era difícil concebir que el comisario se hubiese tragado mi anzuelo con tanta facilidad. A veces incluso me reprendía el insospechado éxito de mi embustera denuncia, la manera casi infantil con que Magoian la había aceptado pasando de la indiferencia a la incredulidad y posteriormente al regocijo. La tarde en que volví a verle para denunciar la ficticia conjura de Eliah Bac, el comisario me había recibido en su oficina sin esperanza ni entusiasmo, siguiendo desde la ventana el movimiento de algún objeto en el patio interior de la comisaría. Vestía el mismo traje oscuro y la misma corbata desgastada de la vez anterior. Una barba de días disimulaba su gordura y le otorgaba cierta triste dignidad. Era evidente que no tenía deseo alguno de hablar conmigo, no digamos de escuchar lo que tuviera yo que decirle. Sólo verle temí que la historia de Eliah Bac hubiese vuelto a mi memoria demasiado tarde para negociar con él mi rescate. Una serpiente de granizo me recorrió la espalda mientras buscaba el modo de iniciar mi apócrifa confesión, pero la certeza de que estaba por jugarme una carta desesperada me sirvió para darme ánimos.

—Tengo algo importante que contarle —le dije con toda la entereza de que en ese momento era capaz. El comisario se mantuvo impávido junto a la ventana, fijas las pupilas en aquello que al parecer era más digno que yo de su atención. Entonces, como si deseara reproducir de algún modo los detalles de mi remota conversación con el sargento Grieve, tragué saliva y pronuncié por lo bajo el nombre de su víctima. Sólo entonces Magoian se dignó mirarme. En tono cortante me ordenó que repitiese lo que había dicho. Así lo hice, pero él ni siquiera parpadeó. Cada vez más convencido de cuán osada era mi idea de revivir al desventurado Eliah Bac, rebusqué con ansiedad otra palabra, otro nombre que sirviese de reemplazo al de ese muerto en el que nadie en su sano juicio sería capaz de creer. Pero aquel fantasma se había convertido en mi única defensa. Calculé que sería un error contar punto por punto la falsa historia de Bac y que más me valdría asumirla, comenzar a creer en ella. Entonces, ostentando una seguridad que desde luego no tenía, sonreí como si diese por sentado que el nombre que acababa de pronunciar tendría forzosamente alguna resonancia en la memoria del comisario Magoian.

—Con el mayor de los respetos, comisario —le dije al fin—. Me cuesta trabajo creer que no haya oído usted hablar de ese terrorista.

Mi disparo dio en el blanco. Con una simple frase había golpeado a Magoian justo donde más debía de dolerle. Titubeante, el comisario se apartó de la ventana y se sentó despacio frente a su escritorio. —Siéntese, doctor —me ordenó de mala gana señalando la misma silla escuálida en la que había padecido su anterior interrogatorio. Una astilla en el respaldo me obligó a adoptar una posición no exenta de altanería que debió de contribuir notablemente a la perplejidad del comisario.

—¿Bac? —comenzó a decir—. Desde luego. Algo he visto en los registros. Es un asunto antiguo. ¿Qué hay con él?

—Ha vuelto, comisario. Lo he oído decir en la taberna de la calle Berretti. Eliah Bac ha vuelto y sé de buena fuente que se trae algo importante entre manos.

El comisario se veía claramente confundido por mi seguridad, como si no supiese aún hasta qué punto concentrarse en reconocer su interés por mi denuncia o en disimular la magnitud de su ignorancia sobre el caso de Eliah Bac. Ahora se removía inquieto como si fuese él quien debía lidiar con una astilla irreverente en el respaldo de su asiento. Entonces no se le ocurrió mejor cosa que alcanzarse un lápiz raquítico y una libreta en la que comenzó a tomar algunas notas.

—¿Cuántos son? ¿Cuándo actuarán? —preguntó.

—Dicen que se trata solamente de un puñado de hombres. Pero, si quiere mi opinión, comisario, a mí me parece que son muchos más de lo que aparentan. Al parecer, Eliah Bac tiene células de conspiradores desde Ruffina hasta las marcas orientales, incluso fuera del país.

—¿Y qué pretenden exactamente?

—Es difícil de decir con un hombre como Bac. A veces parece que ni él mismo lo sabe. Supongo que será la misma historia de siempre: calumniarnos, hacernos daño, qué sé yo. Tal vez quiera insistir en ese viejo cuento de que fue el Gran Brigadier quien ordenó que se hundiese al N-36.

Al oír esto el comisario puso ambas manos sobre la mesa y se levantó con un estremecimiento.

—¿De qué habla? —exclamó fuera de sí—. ¿Quién le ha dicho eso?

—No se enfade, comisario. Sólo he dicho lo que al parecer piensa ese terrorista. No sería la primera vez que uno de los huérfanos del *Leviatán* insiste en esa absurda historia.

El comisario Magoian comprendió acaso que su arrebato había sido una imprudencia, pues hizo un visible esfuerzo por controlarse y volvió a sentarse abismado en un oscuro pensamiento.

—Claro, claro —musitó. Sus ojos se habían apagado, insuficientes ya para fingir indiferencia. Su alarma ahora parecía legítima, y así me lo hizo ver cuando, luego de pensarlo un rato, añadió—: ¿Se da usted cuenta de qué pasaría si dejamos que ese terrorista se salga con la suya? Como están las cosas, una conjura de ese calibre bastaría para encender los ánimos en todo el país.

No alcancé a comprender de todo punto a qué se refería el comisario. Bastante ocupado estaba ya tratando de creer en el rumbo afortunado que iba tomando la conversación. Por un instante olvidé que todo aquello era producto de mi invención. Casi pude ver a Eliah Bac, transpirado y titánico, conspirando efectivamente en un garito de las afueras, girando órdenes, repartiendo octavillas incendiarias, encabezando a una horda de conspiradores que no podían ser muy distintos de los rebeldes con que cierta vez yo mismo había compartido la incertidumbre. Un doble impulso de admiración y recelo hacia ese héroe delirante me inundó el pecho mientras buscaba añadirle una edad, un rostro claro, una estatura, aquella fortaleza sobrehumana que le habría permitido resucitar de entre los muertos, no gracias a mí ni al miserable sargento Kirilos Grieve, sino por una suerte de hechizo del que yo era sólo un medio, un conjuro.

—¿Cree usted que estamos a tiempo de detenerlo? —pregunté, queriendo enmascarar de solidaria ingenuidad el entusiasmo que empezaba a desbordarme.

—Por mis muertos que lo haremos —respondió Magoian mientras tomaba incesantes notas en su libreta.

—Menos mal. Le mantendré al tanto en cuanto tenga información más precisa.

—Desde luego —repuso el comisario, visiblemente ansioso por concluir nuestra conversación—. Cualquier

cosa que pueda ayudarnos a detener a ese canalla.
—Magoian suspendió sus anotaciones, guardó apresuradamente su libreta en el bolsillo de su traje y me ten-
dió la mano. Antes de salir, me detuve un momento
para decirle:

—Una última cosa, comisario.

—¿Sí?

—Le agradecería que no mencionase mi nombre
cuando hable de este asunto con sus superiores, si no
tiene inconveniente.

—Ninguno —un rastro de gratitud alcanzó a refle-
jarse en su mirada—. Quede tranquilo. Sé proteger a
mis hombres.

Semanas más tarde, mientras veía los muros del
hospital alzarse lóbregos sobre la nieve, la despedida
del comisario Dertz Magoian volvió a sonar en mis
oídos. El recuerdo de su mano transpirada estrechando
la mía me conmovió como si apenas acabase de salir de
su oficina y aún tuviese entre los dedos la memoria
de aquel objeto flácido y viscoso. Me descubrí pensando
que en ese gesto, más que gratitud, se hallaba la confirmación de una suerte de pacto, como si al darme la mano
el comisario me hubiese arrastrado consigo hacia un lugar donde tendría que repetir los últimos veinte años
de mi vida. Era como si un temblor en el tiempo me hubiese dado el extraño privilegio de volver a experimentar íntegro mi pasado sin tener derecho a alterar nada
en él: mis errores, mi remordimiento por la suerte de la
pequeña Marja, mis delirios en la ectricina, mis opiniones, mis hábitos, todo volvió a ocurrir esa mañana en el
lapso en que decidí buscar la ruta más larga para llegar
hasta mi consultorio.

Cansado al fin de aquel vagabundeo, desayuné cualquier cosa en el mercado central y desvié mis pasos hacia el río con el propósito de adquirir una ración de cigarrillos con la cual esperaba alegrarle el día a mi asistente. A eso de las diez pasé muy cerca de la calle Berretti, donde alcancé a percibir cierta agitación de soldados y camiones militares. Iba a preguntar qué había ocurrido cuando una ventisca inesperada me caló los huesos y me empujó finalmente hacia el hospital. Ahí me esperaba mi asistente armada con un café humeante que sin embargo llevaba oculta la trayectoria de un baño helado. No había terminado de beberlo cuando ella estaba ya diciéndome que esa mañana había venido a verme una paciente a la que en cierta ocasión liberé de una hernia que estaba a punto de enloquecerla. La mujer apenas se extrañó de no encontrarme, pero igual aprovechó su paso por el consultorio para comentarle a mi asistente que, la tarde previa, la policía secreta había desmantelado una conjura para asesinar al Gran Brigadier. Entre los conspiradores se contaban varios de sus generales más cercanos, algunos de los cuales habían confesado ya sus vínculos con un terrorista llamado Eliah Bac. Se decía también que este último había conseguido escapar, y que ahora los hombres de la secreta le buscaban como perros por todos los rincones del país.

Ni que decir tiene que esa noticia me convirtió por segundos en una estatua de sal. El café me supo de pronto a arsénico. Un vahído de terror me obligó a vaciar la taza en el lavabo y salir del hospital como un endemoniado. Cuando volví a la calle, la ventisca había arreciado hasta convertirse en una auténtica tormenta. La nieve ahora me parecía un castigo, un violento borrón de frío sobre la tranquilidad con que había amanecido mi espíritu. Con enorme esfuerzo corrí hasta el despacho de periódicos y rogué al tendero que me prestase el único ejemplar que le quedaba. Aterido, aún incrédulo, abrí el periódico y constaté frase por frase lo que me había contado mi asistente. No sólo se describía con lujo de detalles la manera en que la supuesta conjura de Eliah Bac había sido desmantelada, sino que se citaban íntegros los nombres y rangos de los altos mandos involucrados en la conspiración. La prensa llegaba incluso al extremo, por entero insólito en casos como aquél, de reconocer que el artífice de la conspiración se hallaba aún prófugo de la justicia, por lo que cualquier información que condujese a su captura sería recompensada con generosidad. Se advertía, por otro lado, que aquellos que colaborasen de manera activa o pasiva con el tal Eliah Bac, terrorista a sueldo de los enemigos de la Revolución, serían castigados con todo el rigor de la ley. Finalmente, en un par de líneas apenas legibles en aquel aluvión de encabezados sonoros, promesas de captura y amenazas temibles, el autor o autores de la nota citaban el nombre del comisario Dertz Magoian como el de uno de los esforzados miembros de la policía local a quien debíamos el oportuno desmantelamiento del atentado contra nuestro líder vitalicio.

III. Dispersión de las cenizas

A partir de mi primera noche en el burdel de Malombrosa, no sólo me convertí en su más asiduo visitante, sino que al cabo de unos días me instalé ahí en cumplimiento de uno de esos pactos nunca escritos que con frecuencia han regido mi vida. Mientras saldaba mi cuenta en el motel del puerto, mi lúgubre anfitrión rompió su habitual voto de silencio para advertirme en un tono no exento de reproche: —Sé que ha decidido irse con la Leoparda. Perdone que me entrometa, camarada, pero hágame caso y aléjese de ahí cuanto antes. Esas mujeres son más peligrosas de lo que imagina—. Que alguien como él me aleccionase de esa forma me pareció rayano en el ridículo. Si algo había aprendido en el breve tiempo que pasé entre los muros de su establecimiento, era que el único acto verdaderamente arriesgado para mí era quedarme en un sitio como ése, donde cada ángulo, cada tropiezo de la luz entre visillos y cada hoja doblada sobre el mostrador parecían bombas de tiempo que esperaban el momento justo para reventarme. No es que hubiera hallado en esa pensión nada que confirmase mis temores de que justamente ahí regían aún los mismos hados que, entre otras cosas, habían destruido al comisario Magoian, pero tampoco había encontrado entre esos muros nada que me arrancase la idea de que, si deseaba mantenerme a salvo, aquel era sin duda el último lugar para conseguirlo.

Justo es reconocer que la mansión de la Leoparda no era en rigor un dechado de asepsia o probidad. Sin embargo, a diferencia de la pensión del puerto o de cualquier otro lugar donde alguna vez había querido hallar refugio, la mansión del acantilado demostró ser para mí uno de esos lugares que, más allá de su caos aparente o su marginalidad atrabiliaria, nos confortan con un orden secreto que fluye bajo nuestros pies como una corriente subterránea, magnetizándonos con un prodigioso caudal de serenidad. Aquello era como si el encanto ya perdido de la taberna de la calle Berretti hubiese cobrado proporciones superlativas, la exacta dimensión de ese punto de origen y destino al que hemos aspirado largamente sin siquiera darnos cuenta.

Que mi fúnebre guardián atribuyese mi mudanza a mi obsesión por alguna de las chicas que allá arriba trabajaban, me pareció por otro lado algo tan natural como excusable. Después de todo yo mismo había llegado efectivamente hasta el burdel con la intención mal formulada de apaciguar un deseo, quizá no la basta urgencia de mi cuerpo, sino la de confirmar mi esperanza de que la mujer que me había guiado hasta el ribazo fuese la pequeña Marja. Desde que vi su rostro sumergido en la taberna de Malombrosa, me invadió la idea peregrina de que la niña habría sobrevivido a las ausencias de su madre y de su abuela y que ahora, por un prodigio alucinante del azar, estaba también en Malombrosa, también a salvo, como si ambos fuésemos visiones de su abuela en el instante previo a que el segundo disparo de mis guardianes le deshiciese el rostro. Muchas veces había visto aquella escena brutal repetirse en mi remordimiento, y tantas más, volviendo de la clínica mientras esperaba la aprobación de mi licencia de traslado a otro barrio, me había detenido en el cobertizo de la casa donde imaginaba que aún podría hallar a la niña. Me paraba frente a las cintas adhesivas con que habían clausurado el lugar, escrutaba el oscuro interior del cuarto e imaginaba cómo sería despertar una noche completamente solo en un cuarto que apesta a aguarrás, descubrir que no ha vuelto aún quien me alimenta y sólo comprender mi hambre, un hambre atroz que nadie vendrá a saciar porque mi llanto es demasiado débil o demasiado incómodo para provocar la compasión de nadie. Alguna vez pensé también en indagar qué había pasado con la niña tras la muerte de su abuela, pero me ganaron la ectricina y el temor de confrontar una verdad atroz, de saber que sus vecinos habrían podido atribuir cobardemente sus lamentos al maullido de un gato que hurgaba entre las ollas de esa casa señalada, intocable como un foco de infección en plena epidemia de peste.

Cualquiera que hubiese sido el auténtico destino de la pequeña Marja, del mismo modo culpable y arbitrario con que antes inventé un nexo de sangre entre mi bella levantina y la anciana que intentó matarme, incorporé a la muchacha del burdel a una sola cadena de remordimientos. En los meandros de mi culpa, aquellas tres mujeres pasaron de pronto a formar parte de una misma estirpe que tenía en mí al proverbial ejecutor de una antiquísima maldición. Nada además de su semejanza física, que yo seguramente exacerbaba en mi recuerdo, y la aparente coincidencia de edades, podía asegurarme que la chica de Malombrosa fuera también la pequeña Marja; pero yo así decidí desearlo, así necesité creerlo para sentir que se me daba una nueva oportunidad de protegerla. En cuanto pude constatar que la muchacha trabajaba en la mansión con el nombre inverosímil de Marlene, mi urgencia por hallar refugio fue desplazada por un afán gozoso de redimirme a través de ella. Pasaría aún cierto tiempo antes de que conociese algún detalle de su vida, pero igual procuré ignorarlo convencido de que sólo la incertidumbre me permitiría quererla, celarla, atribuirle el pasado que deseaba para ambos y que ella se dejó imponer sin concederme nunca demasiada importancia, sin desaprobarme pero sin jamás confirmar una sola de mis conjeturas. Recuerdo bien que una vez la encontré limpiando con fervor los cuadros rosados que adornaban mi habitación. Entonces le pregunté si le gustaba el nombre de Marja, a lo que ella simplemente replicó que podía llamarla así si lo deseaba, pues aquél era un nombre bastante más tolerable de los que solían darle los peregrinos de su cama.

De esta forma, resuelto a no saber quién era esa muchacha, comencé a llamarla caprichosamente Marja, me conformé con saberla viva y procuré por cualquier medio que fuese tan feliz como pudieran permitirlo las circunstancias en aquel prodigioso corazón del laberinto donde seguía siendo prófugo de mis faltas pero dueño por una vez de mi peculiar manera de enmendar aquellos actos que, en otros tiempos, me habían conducido a la indolencia, a la insidia o incluso a la ectricina, aquella adicción temible que gracias a Marja comenzó a relajar su abrazo hasta que un día desapareció completamente de mi vida.

Cada mañana, desde que volví a la mansión con el pretexto cada vez más vago de quedarme ahí hasta que hallase el valor para hacer públicos los documentos que me había dado Magoian, la Leoparda tocaba puntualmente a la puerta de mi habitación con dos golpes precisos, inapelables, asistidos por el topacio de un inmenso anillo que sólo se quitaba durante el quietismo aparente de su registro portuario. Aquel sonido se convirtió muy pronto en mi diana para dar inicio a una jornada tan agotadora como dichosa. Si bien nunca negociamos cada una de sus cláusulas, desde el principio quedó firmado entre nosotros un acuerdo de mutua asistencia donde la gama de mis deberes iba desde la administración contable del burdel hasta la auscultación de las muchachas que en él servían y que se prestaban a mis íntimas incursiones con una naturalidad que discordaba con sus pocos años. Hacía cuentas, saldaba deudas, me desvivía por Marja con un afán de perfección rayano en la monomanía. Liberado al fin de la ectricina, ahora no tenía ni buscaba el tiempo para necesitar nada, y si alguna vez el ocio amenazaba con devolverme al pasado, me inventaba algo o maquinaba nuevas formas de merecer la protección que la Leoparda me ofrecía con la misma ternura que usaba para instruir a las muchachas y la misma dureza con que era capaz de encerrarlas hasta que sus cuerpos hubiesen reaccionado favorablemente a los efectos del salvarsán.

Debo aclarar que nunca tuve noticia de que la Leoparda maltratase a ninguna de sus pupilas. Antes puedo asegurar que les prodigaba una atención excesiva, las cuidaba con el doble esmero de una madre amorosa y un empresario estricto que conoce el beneficio de atender a quien le da sustento. Sin vacilación les daba lo que requerían con un envidiable sentido de la justicia. Sabía proveerlas, reprenderlas y educarlas, lo mismo en las artes amatorias que en los vericuetos que entonces era indispensable transitar para conducir una vida digna entre los bordes de la legalidad, el amor o el desenfreno. Tal vez por eso la lealtad de quienes vivíamos bajo su halo protector era en tal forma desmedida que por momentos olvidábamos que éramos nosotros, y no el mundo de afuera, quienes insistíamos en quebrantar lo que habitualmente se tenía por verdadero o bueno. De una forma difícil de precisar, aunque extremadamente eficaz, nos habíamos erigido como el único miembro sano de un organismo en avanzado estado de descomposición, en la única célula apta de ese cultivo emponzoñado en que se había ido transformando el mundo del exterior desde que Eliah Bac, prófugo de los territorios de mi invención, había invadido nuestras vidas y acrecentado la manía persecutoria de las fuerzas armadas. El nuestro era un feudo bien organizado, impermeable a los embates de un huracán de fuerzas desarticuladas y personajes errabundos que, al internarse en la casa, se sometían dóciles a aquella religión de precio exacto que para entonces pasó a ser la única fe viable en mitad de esa disgregación de electrones dementes en que se convirtió el país tras el retorno de Eliah Bac.

Tuvo que ser entonces el vértigo de nuestra desmedida prosperidad lo que nos impidió pensar que todo aquello podía terminar en tragedia. En los meses que siguieron a mi llegada, la propia Leoparda se entregó a una actividad tan frenética que habría sido ofensivo sugerirle siquiera que se detuviese un instante a anticipar ningún tipo de desastre. Ella simplemente siguió administrando su negocio con mano de hierro, al tiempo que atendía con devoción sus funciones en el registro portuario. Luego de asegurarse de que todo estaba en orden, desaparecía colina abajo sin darnos tiempo para quejas o preguntas. Asomados tras las ventanas de la casa, la veíamos alejarse enfundada en aquel uniforme soldadesco que daba a su andar un aire ofensivamente viril. Entonces nos parecía que ella misma se castigaba cada mañana con aquel hábito penitencial para recordarnos que ella y sólo ella era nuestro puente con la realidad de afuera, una madre opulenta y abnegada que nos protegía del mundo con el sacrificio cotidiano de su feminidad. Creo que ninguno de nosotros supo nunca a qué se dedicaba exactamente la madame en la oficina del registro, pero igual intuíamos que sus horas allí eran imprescindibles para que conservásemos la invaluable prebenda de seguir viviendo sin que nadie nos preguntase cómo o por qué lo hacíamos.

Incapaces, como he dicho, de digerir la dimensión de nuestra bonanza, por un tiempo nos limitamos a incrementar nuestro esfuerzo para imponer cierto orden a la creciente afluencia de individuos que requerían nuestros servicios. De la noche a la mañana nos acostumbramos a cobijar efímeros grupos de soldados que llegaban a Malombrosa para buscar sin éxito ni esmero a invisibles conspiradores, marineros fingidos, periodistas nacionales o extranjeros que hacían siempre las mismas preguntas sobre la infancia de Eliah Bac y a los que era menester quitar las cámaras en cuanto cruzaban el umbral de la casona. Ningún recurso fue adquirido para mejor atender a aquellos visitantes, nadie más fue reclutado en la mansión después de mí. Era como si mi llegada hubiese ocupado el último puesto que quedaba vacante en la conformación de lo que la Leoparda consideraba óptimo para el funcionamiento de su local.

No quiero decir con esto que la madame descuidase la seguridad de la casa. Al contrario, me parece que tenía motivos suficientes para sentir que estábamos a salvo de cualquier eventualidad. En su inteligencia de general de división, la Leoparda supo siempre distribuir nuestras funciones con la misma inapelable precisión con que sabía señalar qué muchacha era propicia para un cliente dado. Por eso, a la prole de rufianes que cada tarde nos visitaban para saciar sus deseos, ella contraponía los rudos oficios de un gigante taciturno que en algo me recordaba al sargento Kirilos Grieve, aunque en una versión más bien rudimentaria, antediluviana. Decía llamarse Lusignano y se plantaba cada tarde en el umbral de la casona con los brazos cruzados, las piernas entreabiertas y el gesto del eunuco que cela el serrallo que le ha tocado en suerte velar hasta el último día de su existencia. Tan imponente era su condición de oso pardo y escasamente domeñado, que los marinos más broncos y los soldados más despóticos se apagaban con sólo verle. Jamás conseguí saber cómo había entrado un hombre así en el regazo protector de la Leoparda, qué deuda o qué gratitud inmarcesible le llevaban a servirle. En su caso, cualquier pregunta estaba de sobra, y su presencia en la mansión parecía tan natural, tan claramente exacta y predeterminada, que uno sólo podía pensar que Lusignano había estado ahí desde que existía la casa: sin pasado, sin edad, casi sin lenguaje, pero dotado de una fuerza exorbitante que extendía su influencia más allá de la Leoparda, más allá de mí o de los hombres que le temíamos, hasta las muchachas, sobre las que ejercía una fascinación animal que las llevaba a disputarse como súcubos el honor de que el gigante les calentase el lecho con un despliegue de ternura, rudeza y sabiduría oriental que había enloquecido de gozo a más de una de ellas.

Sólo una vez vi a Lusignano perder su compostura de tótem indio, pero eso fue suficiente para que apreciara en su justa dimensión las razones de la Leoparda para depositar en él la estabilidad del local. Esa tarde su víctima, un viajero estonio de mirada esquiva y complexión atonelada, había llegado antes que nadie a la mansión, y si bien su aspecto no le hacía en modo alguno amenazante, pronto nos quedó claro que venía en busca de problemas. Tras dudarlo un rato, el hombre desatendió los consejos de la Leoparda e insistió en encerrarse con una de esas chicas de rostro acaballado que, sin ser precisamente hermosas, atraen enseguida a los hombres de baja estatura. Llevaban cierto tiempo en una de las habitaciones del fondo cuando notamos que los gritos del placer fingido se habían transformado en alaridos de dolor. No hizo falta que la Leoparda dijese nada: cuando me di cuenta el hombre estaba ya en brazos del ogresco Lusignano, pataleando, no asustado todavía, convencido acaso de que aquel candado humano se limitaría a arrojarle a la calle como seguramente le había ocurrido otras veces en casas similares.

Pero el nuestro no era un sitio cualquiera, aunque dudo mucho de que el estonio tuviera tiempo suficiente para constatarlo. En un segundo, Lusignano lo había arrastrado hasta el cobertizo donde guardábamos las provisiones. Nada dijeron las muchachas, ninguna de ellas se asomó conmigo al patio para ver cómo el gigante subía a su furgoneta desguazada el cuerpo inerte del estonio. Más que escandalizarme, en ese instante preciso no pude menos que admirar la destreza del asesino, la concordancia exacta de aquel poder inmenso con el credo telúrico del prostíbulo. Sorprendido por mi propia frialdad, pensé que Lusignano era sin duda un digno cancerbero para un lugar donde todos nos sabríamos protegidos mientras cumpliésemos nuestro trabajo con la misma resolución con que el gigante acababa de romperle el cuello a un hombre.

Ahora que han pasado tantos años y tantas cosas desde entonces, me pregunto si mis días en el burdel de Malombrosa fueron en verdad tan luminosos como quiere revivirlos mi nostalgia, si recuerdo realmente mi felicidad de aquel tiempo o si sólo la exagero para atenuar un poco mi sordidez presente y corregir en mi memoria la añoranza de un lugar donde pude ser feliz. Sólo sé que en aquella época habría hecho cualquier cosa por no haber conocido al comisario Dertz Magoian ni conservar aún los reveladores documentos que éste me había encomendado antes de morir. Cuando miraba largamente a Marja o me quedaba hasta muy tarde registrando las ganancias de la jornada, lamentaba no ser capaz de arrancarme la memoria. Me aborrecía porque de noche, en cuanto cerraba los ojos, me traicionaba aún el recuerdo, y era como si Magoian estuviese también en Malombrosa para reclamarme que no hubiese aún hallado la manera de vengar su muerte publicando la verdad sobre Eliah Bac. Se sentaba junto a mí con su corbata mínima y sus mofletes arrobados, y yo entonces no hallaba otra salida que relatarle mi fuga, mis penurias para llegar hasta el burdel, la feliz resurrección de Marja, en fin, mis razones para querer olvidarle y para no haber hecho nada con su herencia. Pero él no respondía, me escuchaba en silencio como si todo aquello le importase muy poco, se limpiaba los anteojos con el extremo de su corbata, volvía a ponérselos y parpadeaba como si no acabase de creer que estaba viendo a un fantasma.

A veces también volvía a verle simplemente muerto, suicida o asesinado por culpa del terrorista que inventé para él, descolgado por sus guardias y exhibido sin pudor a los curiosos que una tarde de invierno miramos su cadáver en la entrada de la comisaría. Lo veía muerto, aunque menos claramente, porque nadie en realidad se parece a su cadáver, no digamos el del comisario, que entonces me pareció demasiado blanco, mucho más delgado y más digno de como alcanzaba a revivirlo en mi memoria de las tres o cuatro veces que había hablado con él.

Lo veía entonces, lo recordaba ahora y me culpaba siempre por saberle muerto y por quererle aún vivo, resuelto, intoxicado por la gloria breve que al principio debió de acarrearle la resurrección de Eliah Bac. Ahora que nuestra criatura había acabado por aniquilarle, me preguntaba hasta qué punto un hombre como él habría podido sospechar la potencia explosiva del mito que me forzó a crear. Por más que lo intentaba, no acababa de creer que nadie hubiese sido capaz de anticipar lo que vendría tras el primer golpe frustrado de aquel producto de mi fantasía. En un año como aquel, era desde luego inevitable que una figura de las características de Eliah Bac, colocada en el lugar y en el momento adecuados, se erigiese inicialmente como un auténtico perturbador de las conciencias tranquilas. Sin embargo, a medida que su leyenda se fue extendiendo por el país, sus bondades justicieras se volvieron cada vez más cuestionables. En los meses posteriores al supuesto intento de Bac de matar a nuestro líder vitalicio, a cada arresto vinculado con su nombre se sucedieron cientos de hechos brutales que discordaban con las virtudes del libertador que muchos habían estado esperando: bombas devastadoras, escaramuzas sin cuenta, rumores no verificados de masacres tan poco selectivas como lo habían sido hasta entonces las redadas del Gran Brigadier, acciones todas ellas en apariencia dispersas, pero dotadas en el fondo de una coherencia épica que las hacía aparecer ante nuestros ojos como partes concertadas de un plan maestro supuestamente destinado a precipitar la llegada de la democracia. La elocuente retórica de la libertad con que Bac justificaba sus acciones desangró de golpe las entrañas de un pueblo que se veía sacudido por una revuelta tan fantasmal y tan desconcertante como su líder. Nadie dudó jamás de que a Eliah Bac le sobrasen argumentos convincentes para alzarse contra el Gran Brigadier, pero la barbarie de sus métodos acabó por sembrar muy serias dudas sobre el tipo de líderes que se harían cargo de nosotros cuando todo hubiese terminado. De repente todos los males de la represión, los arrestos, la escasez, las deportaciones y el terror, fueron culpa o consecuencia de la guerra del ejército contra el esquivo Eliah Bac. Cualquier mañana los diarios publicaban a ocho columnas la fotografía de un hombre que ellos aseguraban que era Bac, y cualquier otra preferían negar de plano su existencia, atribuyéndola a una conspiración internacional para derrocar a un régimen que, paradójicamente, iba cobrando nuevos bríos justo ahora que tenía en Eliah Bac a un enemigo tan encarnizado, tan violento y tan ubicuo como el Gran Brigadier.

En cuanto a mí, aquellos meses transcurrieron como una especie de tiempo neutro donde esperé sin éxito que las cosas volviesen por milagro a la normalidad. Si mi primer encuentro con el comisario Magoian había sido un claro golpe a mi rutina de los últimos años, la descarada irrupción de Eliah Bac en el mundo de los vivos tenía entonces que parecerme una auténtica catástrofe. Me tenía francamente sin cuidado que algunos interpretasen mi conducta huraña e irritable como un signo inequívoco de mi desazón como colaborador de un sistema al que Bac estaba poniendo en jaque. Yo sabía de sobra que aquel desarreglo en mi ánimo era más bien producto de una inquietud personal, marginada enteramente de la política o de la historia colectiva. Poco me importaba que ese hombre estuviese sacudiendo las raíces del sistema o arrastrando en su cruzada a miles de inocentes. Lo que en verdad me enervaba era el vértigo con que todo aquel asunto acentuaba un problema que en algún momento creí solucionado de la manera más inteligente y cómoda posible. Es verdad que yo mismo, coherente con mi invención de Eliah Bac, había esperado adjudicarle la primera atrocidad que sacudiese al régimen, pero nunca esperé que ésta ocurriese tan pronto ni creí que nadie se adelantase a mis propósitos de semejante manera. Era evidente que alguien además de mí estaba mintiendo en esa historia, y si bien la mentira era desde hacía tiempo nuestra manera natural de sobrevivir, debía asimismo recordar que nada entonces podía considerarse casual, y que acontecimientos como aquéllos formaban parte de elaboradas cadenas cuyos eslabones eran siempre intercambiables o, de plano, prescindibles.

No comía, me alimentaba nuevamente de ectricina, me sacaba de quicio no entender cuál había sido mi parte en la conjura de Eliah Bac o qué pretendían aquellos que le habían adoptado sin más. Veía en los diarios la fotografía del hombre que ellos habían decidido adoptar para que representase a Bac, y me irritaba hasta el extremo que sus creadores le hubiesen otorgado un rostro así, tan seguro, tan curtido por la rabia, tan estudiadamente heroico que lo hacía parecer menos increíble que un galán de cine. Perdía el sueño, y la noche me encontraba de un humor de mil diablos al final de jornadas insostenibles donde todo se empeñaba en recordarme que el país había emprendido un camino incierto en el que no había marcha atrás. Incluso mis pacientes me transmitían mensajes contradictorios sobre lo que estaba sucediendo, sobre los temores y las esperanzas que tenían puestos en Bac. Era como si todos ellos quisieran confesarme algo sustancial o como si esperasen de mí, emisario lúcido y benévolo del poder, un mensaje, una pista, un signo que les permitiera al menos volver a casa convencidos de algo, lo que fuera. En cierta ocasión, uno de mis pacientes llegó al extremo de advertirme que, si el mal que le había llevado hasta ahí era en verdad grave, no dudase en decírselo, pues ahora que esa bestia de Eliah Bac le había enseñado las maneras de la democracia, podría morir tranquilo convencido de que el Gran Brigadier era lo mejor que podía habernos pasado. Desde luego, no tuve entonces el menor empacho en decirle que sus síntomas, producto sólo de la senilidad, indicaban en efecto un cáncer terminal. Con las mismas palabras que había usado hacía años para desahuciar al sargento Kirilos Grieve, le di tres meses de vida, esperando que eso bastara para deprimirle un poco. Pero él, envuelto en esa aura de estupidez generalizada que tanto me indignaba, agradeció efusivamente mi diagnóstico como si tres meses le pareciesen un plazo justo para entregar el alma antes de que Bac desbaratase su encarecido sueño revolucionario.

Nunca me he reprochado el diagnóstico que esa tarde di a aquel viejo. Tampoco me recrimino la abulia con que transité por esos días de incertidumbre. Resistirme al fracaso me ha resultado siempre una labor, además de ardua, absolutamente inútil. Después de todo mi derrota ante el fantasma desbordado de Eliah Bac no sólo era un claro recordatorio de mi ineptitud para tomar las riendas de mi suerte, sino que ahora amenazaba con transformarme en un objeto por entero inútil. La existencia cada vez más consistente de Eliah Bac me envolvía ahora como una red meteórica que me arrastraba sin remedio hacia el centro de la tierra. Odiaba a Bac porque, ahorrándose el trabajo de existir, era más sólido que muchos de nosotros. Lo aborrecía porque a veces yo mismo olvidaba su origen falaz y entonces no sabía si considerarle un fanático, un salvador o un mero asesino que habría resuelto enmascarar su afán de venganza, su rabia y su crueldad con el primer estandarte que le había venido a mano.

Cuán distante, cuán ingenua me parecía de pronto la idea de que Eliah Bac hubiera vuelto a mi memoria para que dejase de sentirme una marioneta. Lo que al principio concebí como una oportunidad inapreciable para ganar tiempo, obtener mi ectricina y tener por una vez control sobre mi vida, se había convertido de repente en una nueva humillación. Eliah Bac no sólo se me había ido de las manos, sino que ni siquiera me había dado el consuelo de ser yo quien alimentase su mito elaborando más denuncias o adjudicándole conjuras. Demasiado aprisa había renunciado a exigirle al comisario algún crédito por mi parte a esa historia, pues no acababa de creer que un hombre como él hubiese sido capaz de concebir una mentira tan elaborada y tan incómoda para el régimen. Pensaba en esto y no conseguía explicarme cómo habría podido Magoian conocer la verdad sobre Bac, por qué continuaba protegiéndome o por qué extraño motivo había seguido con aquel arriesgado juego como si en verdad creyese en esa embustera historia. Entonces yo mismo procuraba convencerme de que el infeliz comisario tenía que ser efectivamente ajeno a aquel engaño. No por nada, me repetía, Dertz Magoian me había parecido siempre un ser señalado por la derrota, portador de ese oscuro tatuaje que anula en quien lo ostenta cualquier posibilidad de genio o de heroísmo. En una palabra, el comisario era demasiado parecido a mí, y prefería por tanto creer que alguien más habría mentido en el lanzamiento de Bac hacia la estratosfera. Quizá entonces el sargento Kirilos Grieve me había mentido hacía años al relatarme su crimen, de modo que Eliah Bac seguía vivo sin que hubiese forma humana de explicar la inverosímil coincidencia entre mi denuncia y su retorno. O tal vez el propio Grieve había sorteado la muerte y alguien más, muy por encima de Magoian, le había arrancado la verdad para luego reconstruirla por motivos que más valía no discernir. Cualquiera que fuese la respuesta, quienquiera que estuviese controlando ahora los hilos del terrorista Eliah Bac, era evidente que no me quedaba más remedio que esperar la confirmación de mis más hondos temores como aguarda a la jauría el animal que ha llegado al límite de sus fuerzas.

Dicha confirmación llegó más pronto de lo esperado, si bien lo hizo de un modo tan enigmático que todavía tardé algún tiempo en comprenderla. Una noche, luego de una jornada que recuerdo especialmente agotadora, descubrí que el comisario Dertz Magoian me aguardaba fuera del hospital, desarbolado, sudoroso, teñido de ese abatimiento plomizo que caracteriza a quienes han bebido más de la cuenta con el único propósito de encajar sin pena un golpe inminente. Su corbata azul prusiano se había acortado de tal forma que ahora le hacía verse más huérfano que antes, incapaz siquiera de limpiarse las gafas o de cambiar una bombilla. Al verme salir, sus ojos se iluminaron como si viera en mí no a un antiguo cómplice, sino al padre ausente que al fin había llegado a rescatarle de un solar repleto de niños abusivos y brutales.

—Nos estafaron, doctor —me dijo con un susurro en el que pude calibrar la alarmante dimensión de su ebriedad—. Esos hijos de puta quieren quitarnos a Bac.
—Me hablaba muy cerca de la cara, y al mismo tiempo me tiraba del brazo y caminaba de un extremo a otro de la calle sin decidir el rumbo que debíamos tomar. Pero tampoco acababa de detenerse, me empujaba

unos pasos y después titubeaba como si quisiera contagiarme su borrachera para que fuésemos ahora dos las figuras indecisas que se perdían en esa noche helada. Sus palabras, en cambio, no surgían exactamente de la altamar del alcohol, sino de algo más profundo, algo que por momentos conseguía manifestarse en su mirada, en la manera en que contraía esforzadamente los labios como si, en la consciencia de su borrachera, quisiera que al menos sus ideas fuesen escuchadas con absoluta claridad.

—Sí, doctor. He bebido un poco, pero eso no me hace peor que ellos. Usted me entiende.

—No, comisario. No entiendo de qué me habla. Será mejor que le acompañe a su casa.

—Claro que me entiende, amigo, usted me entiende mejor que nadie. Les advertí de que Bac podría salirse de control, y ¿sabe qué respondieron? Me ordenaron que me olvide del caso porque Eliah Bac se ha convertido en un asunto de seguridad nacional. Incluso me han amenazado.

—¿Por qué habrían de amenazarle, comisario?

Magoian dudó un instante, como si en verdad nunca se hubiera detenido a pensar los motivos de nadie para amenazarle. Finalmente se dio por vencido, se encogió de hombros y respondió:

—Por todo, por lo que sea: porque ya no les sirvo, porque sé demasiado, porque no entienden un carajo sobre Bac y hasta sospechan de mis métodos para obtener información.

—¿Les ha hablado de mí? ¿Qué les ha dicho?

Ahora era yo quien hincaba las uñas en el antebrazo del comisario Dertz Magoian. Era yo quien sentía crecer en mi interior la embriaguez del pánico, la certeza de una caída largamente aplazada pero ya visible, ya inminente en las palabras de aquel vago ejecutor de mi perdición que afirmaba haberse vuelto tan innecesario y tan sospechoso como yo.

—Vamos, comisario —repetí exasperado sacudiéndole de las solapas del abrigo—. Dígame si les ha hablado de mí.

Pero Magoian, mirándome con reproche y extrañeza, me respondió desde la sombra ya borrosa de su sobriedad:

—Usted quiso engañarme, doctor. Usted quiso engañarme con el cuento de la conspiración, pero le debo un favor. Le prometí que no lo mencionaría, y soy un hombre de palabra.

Nunca en mi vida he vuelto a sentir una mezcla tal de gratitud y vergüenza. Gratitud por su fidelidad y vergüenza por ir descubriendo tan tarde que el despreciado comisario era, no obstante, un ser digno de respeto, un hombre convencido de sus lealtades y agotado por el dolor que le provocaba aferrarse a lo que él consideraba justo en un mundo donde la coherencia era un pecado imperdonable. De repente deseé con toda el alma poder ayudarle. No toleraba la idea de haberle despreciado, de que le pasara algo, ya no esa noche, sino cualquier otra, cuando sonase la hora y sus propios hombres decidiesen humillarlo porque se había negado a cumplir la orden de dejar en manos de sus superiores la existencia de Eliah Bac, o simplemente porque el comisario Dertz Magoian, desde su irremediable pequeñez, había mostrado ser mejor que cualquiera de ellos. Sentía tan vasta mi gratitud como las ganas de decirle que no valía la pena hacerse mala sangre por un terrorista que no existía, y lo único que en verdad me preocupaba en ese instante era entender hasta qué punto el comisario estaba involucrado en la invención de Eliah Bac. Miraba a aquel policía borracho, su traje deslavazado, su insignia raquítica en la solapa, y todo ahora me parecía menos ridículo. Sentía sus manos apretarme las muñecas y oía con atención los gemidos que emitía mientras trataba de soltarse, las maldiciones que aún repito en los momentos en que me siento vencer por los golpes y la mente se me oscurece de rabia.

—¿Qué piensa hacer ahora, comisario? —le pregunté, soltándole y sin saber dónde ocultar las manos que le habían sacudido.

—Pienso arruinarles el juego. Voy a acabar con Eliah Bac.

—¿Matarle? Pero eso es justamente lo que ellos quieren.

—Todo lo contrario, doctor. ¿No se da cuenta? Lo último que quieren esos imbéciles es la cabeza de Eliah Bac. Hasta ahora ese héroe de pacotilla ha sido su mejor aliado, pero no entienden que podría conventirse en su peor enemigo. —Mientras hablaba, Magoian había extraído de su traje un grueso sobre de papel manila que ahora me mostraba con orgullo, como si contuviese la fórmula para explicar de una vez por todas la existencia de Dios. Todavía esperó un poco a que yo acreditara mágicamente el valor de aquel sobre, pero al notar que seguía sin comprenderle, lo clavó en el bolsillo de mi abrigo y dijo con cierto enfado—: Aquí está todo, doctor: los documentos, las fotografías, las instrucciones para crear a Bac. La prensa extranjera pagaría oro molido por esta información, pero la nuestra mataría por ella.

—¿Y qué espera que haga yo con esto?

—Guárdelos bien. Ellos ni siquiera saben que usted existe. Volveré pronto a buscarle. Sólo debo hacer unas llamadas y arreglar un par de cosas.

El comisario ahora parecía inesperadamente sobrio. Me miraba fijo a los ojos y hablaba con tal autoridad que no tuve más remedio que aceptar su encargo. Entonces fue Magoian quien, antes de partir, se tomó un momento para decirme:

—Una última cosa, doctor. Si en tres días no he venido a verle, márchese de aquí. Vaya al puerto de Malombrosa y busque a la Leoparda. Ella sabrá ayudarle hasta que volvamos a encontrarnos.

Y con esto me dio la espalda y se alejó calle abajo con el cansancio de quien comienza ya a asumir su condición de reo de muerte.

IV. CUANDO SE MIRA UN ABISMO

Uno nunca sabe ni sospecha qué espectros de su pasado volverán de pronto en carne y hueso para recordarle que lo vivido no fue un sueño. Cierta noche, hará cosa de diez meses, me despertó el runrún inconfundible de reclusos nuevos descargados en el patio de la prisión. Habituado desde hace tiempo a ignorar ese tipo de exabruptos, iba a acostarme de nuevo cuando crujió la puerta de mi sección y vi pasar frente a mi celda una hilera de prisioneros entre los que pude reconocer al gigante Lusignano. Aunque era evidente que lo habían sometido a fuerza de picanas e inyecciones, caminaba todavía con la cabeza en alto, con la soberbia característica de aquellos cuya estulticia no merma un ápice su telúrica grandeza. No alcanzaba la penumbra a borrar su figura prominente, las manos esposadas y el cuerpo ceñido por un ropón de preso que le quedaba varias tallas corto. Contra toda prudencia, decidí que debía nombrarle, como si con ello pudiese hacer menos oprobioso su ingreso en el cautiverio. —Aquí, Lusignano —dije aferrándome a las rejas de mi celda, tan fuerte y sin pensarlo que uno de los guardias me dio un golpe de garrote en los nudillos. Entre tanto, Lusignano se había detenido en seco, tratando de reconocer a ese viejo que había dicho su nombre y que ahora se dolía en la oscuridad de su celda, minúsculo, deforme, vestido con un ropón similar al suyo, atragantando maldiciones mientras apretaba sus manos entre los muslos. Al verme, su rostro dibujó primero una sonrisa de reconocimiento que casi al instante fue sucedida por una mueca de furia. Inexplicablemente, llevaba todavía un arete en el lóbulo izquierdo, y sus manos inmensas, hinchadas por la presión de las esposas, le dieron al alzarse el perfil de un árbol seco al que acaba de fulminar un rayo. —Perro —gritó por encima de mis gemidos y los gritos de los guardias—. Perromierda. Moriste a Bac—. Su grito me alcanzó como un cañonazo en la orilla de mi celda, estalló en mis oídos con tal estruendo, que aún podía escucharlo claramente cuando Lusignano y los otros cautivos habían desaparecido al fondo del corredor.

Y seguí escuchándolo más tarde, lo escucho desde entonces sin que hasta ahora haya vuelto a ver al gigante, de cuya suerte o motivos para haber llegado aquí nadie ha podido decirme nada. Le oigo siempre, en la vigilia y en el sueño, y lo veo así, con los puños crispados, las muñecas azules y en alto que dieron a su maldición un aire de plegaria desgañitada. Le oigo llamarme perro, le oigo decirme *moriste* a Bac. No grita *lo mataste*, sino *moriste*, un verbo insólito que es siempre más penoso cuando se conjuga en todas las paradojas de su torpeza gramatical. Incansable, el gigante reitera en mi consciencia su reclamo, el mismo que me hace Marja con sus cartas tristes y sus largos silencios epistolares, el mismo que me hicieron los ojos mínimos de la Leoparda la última mañana que la vi con vida. De pronto me parece que fue el calor de su mirada lo que ese día lejano encendió los ánimos de la gente de Malombrosa, es la vibración del grito de Lusignano llamándome perro y acusándome de la muerte de Bac lo que acentúa en mi recuerdo los gritos de las muchachas mientras bajan del acantilado, indefensas, despavoridas, buscando el modo de no caer en manos de la turba que reclama al asesino de Eliah Bac. Una muchacha huye aún por los pasillos de la mansión con su maleta en las manos. Desde el pueblo comienzan a escucharse las voces de la multitud enardecida y la Leoparda simplemente me observa, me habla, me dice que mis amigos de la secreta no llegarán a tiempo para salvarme de ser linchado y fuma su último cigarrillo como lo haría un mariscal de campo frente al pelotón de fusilamiento.

Entre tal desorden se vuelve difícil pensar que hace apenas unas horas la casa seguía siendo el corazón apacible de un pueblo embrutecido. No alcanzo a creer que las muchachas canturreaban en paz, que jugaban sin temor a la baraja y suspiraban por el gigante que había salido muy temprano al mercado. Es la hora del día en que aprovechamos la ausencia de la Leoparda para darnos un respiro y acaso añorarla un poco. Pensamos que también hoy llegará a las doce, puntual, respetuosa de nuestro descanso pero lista para interrumpirlo con dos palmadas y un suspiro de alivio, como si su trabajo en el puerto fuese una larga pero necesaria inmersión en las aguas purificadoras del exterior. Lle-

gará como siempre, se quitará la gorra y entregará a
una de las chicas un portafolio de piel bruñida que sin
duda vio tiempos mejores, de esos que solían llevar los
inspectores del Partido y que ahora nos permite imaginar que se lo dio algún amante de juventud, ese hombre sabio que la educó para ser lo que es ahora, que la
forjó para que un día como éste pudiera entrar en sus
dominios y alegrarse cuando la recibimos con una
mezcla de agitación cuartelaria y alboroto de colegio
para señoritas.

Pero este día será distinto, lo será para todos aunque
al principio parezca que sólo la Leoparda es consciente de ello. Hoy la madame ha vuelto más temprano que
de costumbre. Se ha dejado la gorra puesta y ha suspen-
dido con un grito el juego de las chicas sin que ninguna
perciba en sus actos nada fuera de lo común. Piensan
que tal vez se le ha olvidado algo, o quizá algún auditor
la ha enviado temprano a casa para que le deje revisar a
sus anchas la montaña de papeles que ella mantiene
siempre en riguroso orden. No alcanzan a distinguir
la ansiedad de su mirada, el sesgo turbio de su voz
cuando pregunta por Lusignano.

Mas no pregunta por mí, no se extraña de no verme
ni le importa que le digan que el doctor no ha salido todavía de su cuarto, señora, con lo que le gusta levantarse temprano, no vaya a ser que esté enfermo. No, responde ella mientras cierra los postigos de la casa,
déjenlo, niñas, déjenlo todo y lárguense cuanto antes de
aquí. Desde mi habitación puedo escuchar también el
silencio súbito de las muchachas, percibo sus ganas de
hacer preguntas que sin embargo no harán, una ovación
de gavetas que se abren, de pasos apresurados y tacones
que se rompen cuando las chicas salen finalmente a la

calle por la puerta de la cocina. Entonces, como en presagio de la explosión que pronto vendrá a destruirnos, oigo el disparo solitario de una botella que la Leoparda ha abierto luego de atrancar la puerta principal de la mansión. El perfume mentolado de su eterno cigarrillo sube lento por la escalera mientras yo, sentado todavía en el borde de la cama, miro las botas enfangadas con las que he vuelto del muelle y caigo en la cuenta de que alguien se ha llevado los cuadros con paisajes rosados que hasta ayer decoraban mi habitación.

A la Leoparda es difícil imaginarle un entierro, pues su cuerpo debió de quedar pulverizado por la explosión. Creo, por otra parte, que nadie habría quedado con el ánimo o los medios para hacer algo en su memoria: Lusignano había desaparecido y casi todas las muchachas habían terminado en manos de quienes antes pagaban por amarlas y que esa noche seguramente les succionaron la vida para abandonarlas luego, exánimes y mancilladas, entre las cajas de un galerón adonde las habrían llevado para cobrarles sus noches de placer triste.

En cuanto a mí, hace tiempo que dejé de preguntarme en la vigilia qué habría hecho si el eco de la granada que mató a la Leoparda no me hubiese alcanzado también a mí. Bastante tengo ya con no entender cómo o por qué salí con vida de esa trampa. Pervive en mi memoria un espacio ciego de tiempo, ese lapso inescrutable y sin medida verosímil que va desde el momento de la explosión hasta el instante en que abrí torpemente los ojos para verme encamillado en la caja trasera de una ambulancia arcaica, improvisada, tan precaria que se diría más bien destinada a rematar a los heridos que portaba con su lentitud de anfibio y su desorden carnicero. Junto a mí, sentados como insectos en una telaraña de sondas, tubos de látex y vendas remojadas en sangre, distinguí primero a dos hombres que me observaban con indiferencia, no como si asistieran al despertar de un herido al que llevaran horas tratando de salvar, sino como si hubieran estado charlando amigablemente conmigo hasta agotar de pronto todos los temas posibles de conversación. Quise decirles algo, pero la lengua se me ovilló entre los dientes transformando mis palabras en un sonido gutural que me provocó una oleada de espanto. Como queriendo silenciarme, uno de los hombres cogió entonces una esponja y me empapó los labios con un chorro de agua intensamente yodada. Su compañero, entre tanto, se inclinaba sobre mi vientre y manipulaba alguna suerte de instrumento con la concentración de quien borda un mantel.

A juzgar por los saltos del camino y las constantes sacudidas del vehículo, debíamos de estar surcando una carretera vecinal, casi un sendero. Con cada tumbo, nuestros cuerpos y la tubería que los rodeaba se estremecían en un reacomodo casi orgánico en el que no faltaban los rugidos del metal, del suero, del hombre que manipulaba aún mi vientre al tiempo que tarareaba una tonada rufianesca. De repente, el hombre que había humedecido mis labios negó despacio con la cabeza y musitó: —Menudo trabajo nos ha dado, doctor. Un poco más y habríamos tenido que sacarle de ahí a cucharadas—. La frase, dicha con más cansancio que ánimo, arrancó a su compañero una sonrisa breve, casi el rictus compasivo del que escucha por enésima ocasión un mal chiste al que, sin embargo, ha terminado por encariñarse. En ese instante la ambulancia emprendió un giro pronunciado que obligó a mis enfermeros a apoyarse en la camilla mientras se inventaban manos para impedir que la tubería que sustentaba mi cuerpo rodase por los suelos. —Mierda —refunfuñó uno de ellos cuando recuperamos el equilibrio, y luego, completando sus maldiciones en un idioma para mí desconocido, volvió a mi vientre con el suspiro de quien debe iniciar de nuevo un trabajo arduo que estaba a punto de concluir. Aprovechando que la sacudida me había destrabado la lengua, tomé aire, reuní sílabas y dije al fin: —Yo no lo maté. —La frase apenas sorprendió a mis enfermeros. El que estaba inclinado sobre mí bajó un poco el volumen de sus imprecaciones. El otro, al parecer más preocupado por su esponja yodada que por mi bienestar, me observó con atención, pensó un segundo en lo que acababa de oír y replicó: —¿A quién? ¿A Eliah Bac? —Una sonrisa amplia le cruzó el rostro, como si ahora fuese yo el motivo de una broma—. Eso ya lo sabemos, doctor. Pero a usted más que a nadie le conviene ir pensando que sí lo hizo. Le aconsejo que se invente pronto una historia creíble, no le queda mucho tiempo. —Hablaba con una suficiencia paternal que me hizo sentir como un adolescente que debe rendir cuentas de un acto cuya inmoralidad no acaba de quedarle clara. Si esos hombres eran efectivamente mis salvadores, si en verdad sabían que yo no sólo no había matado a Eliah Bac, sino que en rigor jamás le había visto, no entendía por qué ahora me aconsejaban que me inculpase o adónde me llevaban como a una carga preciosa de la que, sin embargo, les urgía deshacerse. Definitivamente, pensé, esos hombres no me habían salvado del linchamiento ni estaban ahí sólo para apartarme del peligro. Lo habían hecho más bien por un insondable motivo utilitario, obedeciendo instrucciones y congratulándose ahora de que sus planes, que se habrían venido abajo con mi muerte, estuviesen finalmente desarrollándose a su favor. Eran, por así decirlo, ejecutores de un programa largo y minucioso que ahora se encontraba en su fase final; eran la cara visible de esa red inescrutable que había empezado a cerrarse no en torno a mí, sino a través de mí, desde hacía tanto tiempo que yo mismo no alcanzaba ahora cabalmente a calcularlo.

Y es que yo conocía a esos hombres, los conocía perfectamente aunque nunca les hubiese visto. Sabía antes de oírlas las palabras que usarían para instruir o exigir, la ortografía zafia y mercenaria de quienes usan cláusulas mínimas, cortantes, apenas las necesarias para cumplir las órdenes en una lengua que no es la de sus padres. Ahora invocaba familiarmente la precisión nerviosa de sus gestos y el timbre de sus voces, el agudo punzón del más alto, quien hablaba con frases telegráficas que sugerían alguna suerte de pudor, su deseo de ocultar su falta de pericia para comunicarse en una lengua extraña o su vergüenza de venir de lejos, de una nación remota e imprecisa de la que su compañero, más bajo y desenfadado, parecía en cambio jactarse con una locuacidad que al otro disgustaba sobremanera.

Al verles y escucharles ese día, me pareció por instantes que ambos hombres formaban parte de un rompecabezas cuyos fragmentos me habían sido entregados en distintos pasajes de mi vida para que sólo pudiese armarlo muchos años o muchos meses más tarde. Ahora podía reconocerlos como si siempre hubieran estado ahí o como si también a ellos los hubiese inventado de tanto anticiparlos, de tanto haberme repetido que vendrían pero sin ser capaz de no temerles, de no ansiar con miedo su visita. Ahí estaba la voz que me había ordenado abandonar en la calle el cadáver de la anciana que quiso asesinarme, ahí estaban las manos largas y el entrecejo hundido de un hombre al que vi hurgar en las ropas de Dertz Magoian la tarde en que exhibieron su cadáver en el patio de la comisaría, ahí estaban todos y cada uno de los gestos, facciones e inflexiones de los espectros que habían seguido mis pasos hasta Malombrosa como ostensibles repeticiones de esos guardianes jamás solicitados a los que sólo ahora podía contemplar a mis anchas con creciente desazón y confirmando sospechas que hasta ese momento creí infundadas.

Pero lo que más me alarmó reconocer en ese instante fue el acento de esos hombres al hablarme y el idioma que utilizaban para comunicarse entre sí. Aunque no los comprendiese, aunque fuera incluso incapaz de determinar de qué parte del mundo provenían, los sonidos de esa lengua hermética eran ya tan parte de mi memoria como acaso podía serlo el cadáver de Dertz Magoian o mi última conversación con la Leoparda. Sin esfuerzo habría podido emular no las palabras, sino la cadencia áspera con que esa lengua ofendía al oído y quedaba irremediablemente en el aire cuando quien la hablaba intentaba traducirla. Si bien no estaba seguro de que aquél fuese el acento con que una vez me hablaron los asesinos de la vieja, habría podido jurar en cambio que era el mismo con el cual me había tratado, seducido y embaucado Leonidas Plötz, el único hombre a quien hoy podría identificar claramente como artífice de mi perdición.

Leonidas Plötz había llegado a Malombrosa con el último aluvión de periodistas extranjeros que vinieron al puerto atraídos por la leyenda de Eliah Bac. Al principio no le di importancia ni creí que fuese a causar más problemas de los que eran de esperarse en casos como el suyo. Con el tiempo, sin embargo, comprendí que ese hombre era distinto de sus compañeros, aunque no tan claramente como para atajar a tiempo las consecuencias de su visita. Una mañana, poco después de su llegada, le encontré haciendo equilibrios en el borde del acantilado y me indignó notar que fotografiaba la mansión como si se tratara de los despojos humeantes de un desastre aéreo. Era habitual que sus colegas asumiesen desde el principio la prohibición tácita de retratar la casa o a sus habitantes, pero éste no parecía dispuesto a sujetarse a ningún tipo de censura. Al verme sonrió con efusión, hizo aún dos o tres fotografías y finalmente llegó hasta mí para entregarme una tarjeta que en sí misma parecía un criptograma. Mientras buscaba descifrar el nombre troquelado del diario para el que trabajaba, Plötz se adelantó a explicarme que era corresponsal de una agencia de noticias alemana, aunque sus notas solían publicarse indistintamente desde Italia hasta Finlandia. Su especialidad, añadió de un modo atropellado que no me pareció del todo propio de su gremio, eran los reportajes en profundidad, esos que después se vuelven libros, doctor, usted sabe, porque en este trabajo de hambre lo que cuenta son los libros y las fotos que uno hace. Me dijo por último que hacía años había escrito un reportaje sobre el hundimiento de un submarino nuclear ruso en el mar de Barents, y por eso había venido a Malombrosa para escribir algo sobre el disputable sacrificio del *Leviatán*. Ahora, no obstante, se daba cuenta de que habría sido un despropósito escribir sobre un submarino diésel hundido hacía treinta años cuando aún quedaba tanto que decir sobre Eliah Bac, una mina de oro, doctor, con cinco hombres así los americanos se olvidan para siempre de sus héroes de historieta.

Plötz era un hombre rubio, de mandíbula enérgica, velado siempre por un desaliño en el que, sin embargo, se notaba un compulsivo afán por emular cierto arquetipo. Muchas veces había visto hombres similares en viejas películas o en documentales de la guerra española: cuarentones con aire de niños tardíos, idólatras del peligro armados con cámaras, con un cigarrillo colgando siempre de la comisura de los labios. El propio Plötz fumaba cigarrillos rusos o cubanos, de tabaco muy oscuro, y era capaz de conversar en todos los idiomas de la tierra, aunque siempre utilizara para hablar consigo mismo o por teléfono ese idioma indescifrable que tanto tiempo después habría de recordármelo.

Días más tarde pude comprobar con cierto desencanto que el hombre tenía todos sus papeles en regla y que se movía por el puerto con el mismo desenfado con que me había resumido sus razones para estar en Malombrosa. Era francamente asombroso notar la seguridad con que bromeaba, hacía preguntas y fotografiaba por doquier sin que nadie, ni siquiera el gigante Lusignano, se atreviese a molestarle. Repartía toneladas de dinero, casi siempre marcos alemanes o dólares americanos, y hasta parecía que había comprado entera a la guarnición del puerto, pues no era raro verle en el muelle charlando con los soldados, bromeando con los marinos o emprendiendo con unos o con otros alguna bronca de taberna que le valió dos horas escasas en la cárcel. Sus colegas se marcharon en cuanto descubrieron que no encontrarían ahí nada que no supiesen ya sobre el indómito terrorista, pero Plötz se fue quedando en el puerto, se aficionó a la mansión y nunca se cansó de repetir a quien quisiera oírle que algún día daría con algo sustancial para escribir la historia definitiva de Bac. A mí me parecía más bien que ese hombre simplemente no se iba porque le gustaba la casa, porque de alguna forma había encontrado en ella la misma armonía secreta que me había cautivado a mí meses atrás. Pensaba esto y me ganaba el deseo de alejarle con la torpeza del viejo que teme verse desplazado por los jóvenes. Lo calumniaba, procuraba hacerle la vida difícil y hasta le reprochaba discretamente a la Leoparda que permitiese a aquel hombre frecuentarnos, sacudir nuestras vidas y hasta contaminarlas con su devoción por la leyenda de Eliah Bac. Notaba con infinita desazón que las muchachas comenzaban a mostrar por Bac y por su rubio hagiógrafo un interés que hasta entonces se había quedado en el umbral de la casa como lo haría una columna de hormigas frente a un cerco de cal viva. Era como si ambos personajes encarnaran a un tiempo esa nación ya cercana, exuberante y generosa que financiaba los actos de Bac y de la que Plötz sacaba no sólo su dinero, las medias o las revistas con que compraba el afecto de las chicas, sino también sus modales refinados y ese estilo de gran señor con que acabó de conquistar a la Leoparda de una manera que hasta entonces creí imposible: —No se torture —me aconsejó la madame cuando le expresé mis reparos sobre el periodista—. Aquí nadie sabe nada sobre Bac, y ese Plotz tiene lo suyo. A las muchachas no les vendrá mal un poco de ilusión. —Como siempre, sus palabras fueron de tal forma inapelables que no tuve más remedio que cerrar la boca y resignarme a la proximidad del periodista. Tuve incluso que tragar mi rabia cuando descubrí que, entre todas las mujeres de la mansión, Marja se había convertido en su favorita. Si la Leoparda decidió apadrinar aquel romance para darme una lección o si él la sobornó para que lo permitiese, es algo que todavía no acabo de explicarme. Lo único cierto es que, a la pena de ver a Marja entregarse cada noche a un mismo hombre, tuve que añadir muy pronto la consternación de notar que ella no era del todo indiferente a los encantos de Plötz. La muchacha se mostraba más bien orgullosa de que ese forastero la hubiese elegido a ella o de que la Leoparda se la hubiese asignado a él. Como si eso no bastara para humillarme, Marja se convirtió muy pronto en una ferviente seguidora de Eliah Bac, no de sus acciones contradictorias ni de sus ideas mesiánicas, sino de su leyenda, de su persona, de su rostro repetido en las revistas extranjeras que Plötz le regalaba y donde abundaban fotografías que nunca habíamos visto, tan inciertas como las otras pero suficientes para envolver a Marja y al resto de las muchachas en una ceguera que no por ingenua dejaba de parecerme harto inflamable.

Tales fueron mi alarma y quizá mis celos ante aquella conversión, que olvidé sin notarlo los consejos de la Leoparda y decidí emprender la espinosa labor de decepcionar a Marja. La ocasión para hacerlo se me presentó una tarde en que la encontré en compañía de Plötz, bebiendo en la cocina el café con que indistintamente solían iniciar o concluir sus encuentros. Enseguida tuve claro que no les alegraba mi presencia, pero igual les saludé, me senté a la mesa e inicié una conversación que empujé sin mucho esfuerzo hasta el tema de Eliah Bac. Marja y Plötz habían comenzado a mostrar cierto interés en mi discurso cuando dije que el asunto de ese terrorista me parecía francamente sospechoso y que ya iba siendo hora de que los extranjeros se enterasen de que Bac era un salvaje, cualesquiera que fuesen las razones que esgrimía para hacer lo que hacía, pues estaba claro que en el fondo era un simple bandolero, un asesino, un mercenario cuya estrategia le convertía no en el enemigo, sino en el mejor propagandista del Gran Brigadier. Esa tarde hablé tanto y con tal encono sobre Bac, que yo mismo olvidé de dónde había salido aquel hombre. Plotz, por su parte, me escuchó con atención y ni siquiera se inmutó cuando Marja se puso en pie y abandonó la cocina con un bufido que anunciaba ya las lágrimas de la hija que ha escuchado a su padre escarnecer a su primer amante. Iba a salir tras ella cuando Plötz me cerró el paso.

—Déjela, doctor, ya se le pasará —me dijo en tono conciliador mientras me empujaba con suavidad hacia mi silla—. Entiendo lo que ha dicho sobre Bac, y es incluso posible que comparta algunas de sus opiniones. Es cierto que ese hombre se comporta como un bárbaro, ¿pero quién no lo es en estos tiempos? Al principio creí que sus métodos lo harían impopular, pero ahora me parece que últimamente a nadie le importa la manera en que Bac pretende cambiar las cosas. Ni siquiera les interesa qué es lo que quiere cambiar. Lo que necesitan es un héroe, y usted acaba de ver hasta dónde puede llegar la influencia de Bac en la gente joven. Lo demás no importa.

Plötz entonces se puso de pie, recogió las tazas vacías y comenzó a lavarlas mientras concluía con un suspiro que tendría que marcharse pronto. Su agencia le llamaba de vuelta a Bremen, una lástima, con lo bien que se está aquí, pero ahora tenía claro que en Malombrosa no iba a saber nada nuevo sobre Bac, además de que el asunto del *Leviatán* era tan obvio y tan antiguo que nadie en su sano juicio pagaría dos céntimos por su historia.

Al final de aquel anuncio, Plötz dijo algo sobre los huérfanos del submarino, pero no recuerdo bien qué era o no le puse atención. De aquella charla lo que mejor recuerdo es la sacudida que habían provocado en mi ánimo sus palabras sobre el poder de Eliah Bac en gente como Marja. Dicen que las decisiones definitivas o fatales se toman siempre de manera inopinada, pero yo, aquella tarde, mientras contemplaba la puerta por la que se había marchado Marja y el ascua del cigarrillo cubano en la boca de Leonidas Plötz, me sentí plenamente consciente de lo que estaba a punto de hacer. Con un gesto que anunciaba una resolución largamente postergada, me paré junto al lavabo, cerré la llave y pregunté al periodista:

—¿Puede usted conseguirme un pasaporte, un pasaje de avión y los contactos para abandonar el país?

—Eso cuesta mucho dinero y es peligroso —replicó Plötz con inusitada sangre fría—. Además, no creo que a estas alturas valga la pena que se arriesgue usted a escapar del país.

—No los pido para mí, sino para Marja. Créame que si publica los documentos con que pienso pagarle, más nos valdría a todos salir cuanto antes de aquí.

—Veré qué puedo hacer —concluyó Plötz tratando de disimular su entusiasmo, pero no hizo falta que me dijera nada más para indicarme que había comprendido la dimensión del trato que le proponía y que haría cualquier cosa por conseguir lo que le había pedido.

Pienso esto y no acabo de creer que quien lo hace sea todavía el mismo hombre que esa tarde negoció en dos frases la liberación de Marja. No me veo, no concibo que haya podido ser tan firme pero al mismo tiempo tan histriónico, tan absurdamente enfático que me avergüenza imaginar el callado desprecio que entonces debí de causarle a Leonidas Plötz. Esa vez tuve que parecerle un viejo ridículo, obsesionado por una muchacha que apenas dijo nada cuando, días más tarde, le entregué finalmente el pasaporte, el boleto de avión y una cantidad de dinero que esperé fuera suficiente para hacerle llevadera la vida que le esperaba fuera del país. Aún quiero pensar que entonces vi en los ojos de Marja cierta callada gratitud, que por un momento al menos conoció hasta dónde podían llegar mi culpa o mi afecto por ella. Temo, sin embargo, que aquello haya sido solamente un engaño más de mi imaginación y que ese día Marja se limitó a aceptar el invaluable tesoro que le ofrecía como quien ha hallado en el suelo una cartera repleta de dinero y sabe de antemano que no se esmerará gran cosa por encontrar a su dueño.

Tampoco alcanzo a reconocerme plenamente en la madrugada en que acudí al remolcador para cumplir con mi parte del trato. Entonces me veo sólo como una silueta recortada en el ventanal de la mansión, una sombra que apenas distingo cuando se enfunda el abrigo y palpa torpemente sus bolsillos para confirmar que sigue ahí el abigarrado sobre de papel manila que una vez me encomendó el comisario Dertz Magoian. De repente mi cita en el embarcadero se disuelve en otra, y no soy yo quien encara el ventarrón al abrir la puerta de la casa, sino el propio Eliah Bac, niño aún, esperanzado y antiguo, incrédulo todavía de que su suerte esté a punto de permitirle honrar a los muertos del *Leviatán*. Me transformo en él y comparto su recelo, aunque también sus agallas para despreciarlo todo y apretar el paso hacia una cita impostergable. Bajo la cuesta y es como si hubiera recorrido ya ese camino, como si ya antes hubiese mirado sobre mi hombro para asegurarme de que nadie me ha visto descender la colina aferrándome a la línea del mar que se percibe a lo lejos y en cuyo fondo espero distinguir el remolcador donde he tenido la osadía de citar a Leonidas Plötz.

A esa hora del amanecer el puerto tiene una textura teatral, un azul demasiado claro para ser nocturno pero tan vivo que le hace parecer de utilería. Alcanzo el pie de la colina y camino pegado a las casas, furtivo, como quien se refugia de la lluvia, percibiendo el rumor del mar que se encabalga en mi respiración acelerada, con un ansia que sólo he sentido cuando necesitaba ectricina y sabía que estaba cerca de obtenerla. Cuando miro hacia atrás siento que la colina se ha elevado como para impedir que me arrepienta y vuelva a la mansión. Hacia delante sólo quedan el mar, el muelle, el ladrido de los perros, la solitaria luz de una bodega. Le he dicho a Plötz que el remolcador será el mejor lugar para encontrarnos, pero ahora ya no estoy tan seguro y creo que ha sido una estupidez citarle en un lugar tan cargado de malos presagios.

Pero es demasiado tarde para arrepentirse. La proa oxidada del remolcador sobresale ya entre los otros barcos del muelle, distinta, ofensivamente rectangular, inválida en la noche que comienza a escabullirse, no sólo en mi memoria, sino en Malombrosa, en esa madrugada sin estrellas que quisiera no parecerse tanto a una madrugada de treinta años atrás, pero que seguramente huele igual, pesa igual que antes mientras camino o recuerdo que camino hasta el remolcador. Al principio no veo a nadie en el puente de mando, y me molesta descubrir que la realidad no concuerda con mi imaginación. Entonces caigo en la cuenta de que no soy Eliah Bac y de que no es el sargento Kirilos Grieve quien me espera. Quizá Plötz está en el camarote, saboreando el premio de su perseverancia, ansioso acaso por cerrar el trato y largarse cuanto antes de Malombrosa. Me pregunto qué pasará ahora por su cabeza y si sabrá apreciar lo que estoy a punto de entregarle.

He comenzado a pensar que debería marcharme cuando veo a Plötz salir del camarote, subir al puente de mando y hacerme la señal convenida para que aborde el remolcador. Cuando llego hasta él, el periodista apenas responde a mi saludo, recibe en silencio el sobre manila y lo abre aprisa. Ahora parece más pequeño y taciturno, atento a concluir una operación que no le agrada del todo. De pronto tengo la impresión de que Plötz conoce de antemano la naturaleza de los papeles que le he dado, como si supiera perfectamente que Eliah Bac es un invento del Gran Brigadier o de sus hombres. Según va revisando los documentos y las fotografías, su rostro se ilumina un poco, no con gratitud ni asombro, sino

con la tranquilidad que le da confirmar que al fin tiene
en sus manos lo que estaba buscando. Entonces aprove-
cho para pedirle, casi advertirle, que no se olvide de
Marja cuando también él haya vuelto a Alemania. Plötz
asiente con vaguedad, termina de revisar los papeles,
los devuelve al sobre, que mete en su abrigo. Finalmente
me estrecha la mano, pero su rostro se ha endurecido.
Ya no soy capaz de distinguir en él ninguna emoción,
ningún signo de que dentro de aquel cuerpo haya en
verdad un hombre. De repente, Plötz se ha convertido
en un autómata, en un ser disecado que ya no tiene deseos, necesidad o capacidad para comunicar nada. Casi
me sorprende que de pronto aquella esfinge sea capaz
de hablar cuando, antes de marcharse, me ordena que
espere diez minutos para volver a la mansión y añade
que en el camarote hallaré algunas cosas que servirán
para protegerme cuando salga a la luz la verdad sobre
Eliah Bac.

Durante meses tuve un sueño recurrente donde un suceso inesperado me salvaba de presenciar la muerte de la Leoparda. Un capricho, un traspié del azar habría impedido que esa madrugada volviese a la mansión luego de encontrarme con Plötz en el remolcador. O quizá la propia Marja, preocupada por mi ausencia en aquella noche turbulenta, habría retrasado su partida y se habría lanzado a la calle para detenerme horas antes de que la multitud furiosa se enterase de la muerte de Eliah Bac y resolviese lincharme en el burdel.

En el sueño, que ahora entiendo delirante por mi reacción a las primeras inyecciones que me dieron al llegar aquí, procuraba confundirme entre un grupo de pescadores que en ese instante iniciaban su ascenso hacia el acantilado, pero al mezclarme con ellos descubría con horror que había adquirido no sólo su as-

pecto, sino el deseo incontenible de vengar la muerte
de Bac incendiando el prostíbulo y a todos los que en
él estaban. Nos guiaba la voluntad de linchar al crimi-
nal que alguien había visto escabullirse esa madrugada en el muelle, ese forastero que nos había enga-
ñado con sus malas artes para llegar hasta Eliah Bac y
asesinarlo. Apurábamos el paso, empujábamos, gritá-
bamos a un tiempo nuestra rabia y nuestro miedo a
que nos detuviese el ejército antes de que pudiéramos
satisfacer nuestro deseo de venganza, antes de que
otras manos indignadas arrojasen contra la casona las
primeras piedras o la granada que yo mismo alzaba
frente a todos como una antorcha libertaria en un mal
cuadro de Ruky.

El peor dilema del prisionero está en dudar de su
inocencia o de su culpa. Para casos como el mío no hay
forma humana de hallar un asidero que nos permita sobrellevar la tortura, el aislamiento o los golpes; no hay
descanso posible porque no existe la convicción de que
algún día se nos absolverá ni la resignación por estar
pagando por un crimen que en verdad cometimos. Inclemente, el cerebro atormentado que generaba en mí
aquel sueño revivía también mis dudas, mi taimada re-
ticencia a reconocer que había asesinado a Eliah Bac y
que merecía por tanto no esta condena, sino el estallido
atroz de la granada que ese mediodía atravesó la ventana
del burdel y alcanzó a la Leoparda, pero que en realidad iba dirigida a mí. Cuando, en el sueño, llegaba al
punto de arrojar la granada, me despertaba la angustia
de no saber si también yo estaba dentro de la casa o si
había logrado escapar a tiempo para evitar a la turba.
Entonces miraba con un asomo de gratitud los muros
de mi celda, las grietas, las manchas de humedad que

había visto crecer despacio desde el día en que me trajeron y que eran el recordatorio insidioso de que habían
pasado meses o quizá años desde que esa misma granada reventó sobre las piernas de la Leoparda. Pronto,
no obstante, descubría que la culpa seguía ahí; ya no la
rabia, más bien el desasosiego, el pánico de ir comprendiendo algo terrible sobre mí mismo, la pena de no ser
capaz de tolerar el remordimiento o la certeza de que ese
sueño continuaría noche tras noche hasta adquirir las
formas monstruosas de una certidumbre que no me
abandonaría jamás.

En aquel sueño yo no dudaba haber asesinado a
Eliah Bac. Y estaba por tanto seguro de merecer el castigo que yo mismo, disuelto ahora en la multitud furiosa, deseaba infligirme. Lo que no acababa de explicarme era cómo, cuándo y por qué lo había matado. En
mi trayecto hasta aquí, mientras trataba de recuperar
la consciencia sin saber si había sido la explosión o los
medicamentos lo que me mantenía postrado en la ambulancia, los hombres que me cuidaban parecían saberlo todo de mí y, lo que era peor, se mostraban convencidos de que también yo sabía perfectamente qué
había pasado. Nunca me preguntaron nada, nunca
dudaron de mí. Antes bien, se les veía satisfechos, orgu-
llosos, reconfortados por mi deber cumplido y por haber podido rescatarme de ser linchado. Casi pude ver
en ellos un dejo de tristeza cuando llegamos a la costa
y me entregaron a los guardias de la fortaleza como si
despidiesen a un ser querido, como si de verdad la-
mentaran mis heridas y admirasen mi sacrificio en
aras del Partido, como si en cualquier momento uno
de ellos fuese a materializar un fajo de billetes pidién-
dole a los guardias que no me tratasen mal, porque

éste que ven aquí, camaradas, es un héroe de la Revolución y merece el mayor de los respetos.

Recuerdo sin nitidez ni orden lo que ocurrió luego de que mis salvadores me bajaran de la ambulancia y me dejaran en manos de quienes tampoco supe si eran guardias, enfermeros o ambas cosas a la vez. Recuerdo luces, objetos y sonidos dispersos: el arrullo de una barcaza abriéndose paso en el agua, uniformes militares enfundados en batas que debieron de ser blancas, el chirrido impetuoso de mi camilla al deslizarse sobre un sendero de grava, un camino más benigno de baldosas, el suelo de linóleo del pasillo por el que me llevaron hasta un salón muy iluminado, con media docena de camastros pulcros y vacíos alineados uno junto al otro como piezas dispersas de dominó. He perdido ya la cuenta de las inyecciones que me han aplicado desde ese día, pero sólo sería capaz de describir con cierta minucia los efectos de la dosis que me suministraron en cuanto ingresamos en aquel cuarto inmaculado. He asistido desde entonces a las más aberrantes alucinaciones de la sobredosis y la abstinencia de la sulfazina y el haloperidol, pero todas hoy parecen meras repeticiones de aquel primer delirio donde no acabé de repasar cada episodio de mi vida hasta dar con mi cabeza en el retrete, chapoteando en mis entrañas como si intentara deshacerme al mismo tiempo de la droga y de las visiones que ésta había generado en mi cerebro. Una sola dosis de haloperidol había bastado para que mi memoria quedase distendida ante mí, para que pudiese verla, vomitarla, avergonzarme y decidirme a hablar de ella con una irrefrenable locuacidad. Ni siquiera había sacado la cabeza del retrete cuando ya la lengua se me iba, torpe, desbocada aunque todavía insuficiente para alcanzar la velocidad con que de pronto quería contarlo todo, escupirlo todo con el único deseo de complacer al médico que me sostenía de las axilas con más pericia que piedad. Quería entregarle íntegra mi historia y me sentía incluso dispuesto a mentir, a inventar, a decirle lo que fuese con tal de agradarle para que siguiera sosteniéndome así y no me dejase solo en aquel cuarto plagado de fantasmas.

Le hablaba, entonces, pero notaba al mismo tiempo que contarle mi versión de las cosas era sólo el principio de un viaje muy largo. Cuando el médico al fin me sacaba a rastras del baño y me arrojaba como un fardo sobre uno de los camastros, crecía mi terror al descubrir cuán lejos estaba aún de ganarme su aprobación. Enfocaba su rostro entre la bruma y sólo percibía su desencanto, su fatiga frente a un obstáculo no esperado, su indignación ante mi afán por contarle sólo mi verdad, esa verdad que la droga no acababa de extirparme y que a él, más que gustarle, le repugnaba, le estorbaba sobre todo cuando se iba haciendo tarde y él, mirando su reloj con un suspiro, se decidía a preguntarme precisamente aquello que yo aún no podía responderle como él quisiera:

—¿Por qué mataste a Eliah Bac, camarada?

—Yo no lo maté. ¿Por qué me eligieron a mí? ¿Por qué no usan a alguien de la secreta?

—¿Cómo conseguiste el arma?

—Le digo que yo no lo maté.

—Claro que lo hiciste, camarada. Lo citaste en el remolcador y le disparaste dos veces en el corazón. Luego arrojaste el arma al mar y volviste al prostíbulo donde te hallamos.

—El hombre estaba muerto cuando llegué al remolcador —le respondía a mi pesar, no una, sino miles de veces, con la misma obcecación que él utilizaba luego para negarme o corregirme. Entonces el médico volvía a mirar su reloj, un ostentoso reloj de oro que desentonaba un poco con la sobriedad de su bata blanca, sus modales exactos y su rostro sin matices, estilizado, como si un propagandista del Partido acabara de dibujarlo en dos trazos para un cartel de reclutamiento. De pronto echaba el cuerpo hacia atrás y parecía que iba a marcharse. Pero no se iba, no podía marcharse todavía porque otra vez acababa de llegar, porque la droga que me había inyectado apenas comenzaba a tener efecto y era evidente que yo no había acabado de entender que él no estaba ahí para escucharme, ni siquiera para convencerme, sino para implantar en el despojo de mi cerebro un sistema de memorias nuevo, mucho más sólido y coherente del que hasta entonces me había hecho ser quien era.

Alguna tarde, desbaratado por un contragolpe de fiebre, le respondí que sí, doctor, he matado a ese canalla de Eliah Bac. Pero él apenas sonrió como el melómano que acaba de escuchar una nota en falso, negó varias veces con la cabeza, consultó su reloj de oro y volvió a enumerar mis faltas como si se tratara de un sangriento catecismo que a fuerza de repeticiones acabará eventualmente por ser creído. Ahora, sin embargo, comenzaba a notar que en la rutina de mi mentor había también una cierta urgencia, que entre una lección y otra iban surgiendo en él señales, matices mínimos aunque alarmantes: un ligero desgaste en sus ojos, un atisbo de alarma clínica en sus gestos, como si incluso el acto de mirar su reloj no fuese sólo parte de nuestro programa de aprendizaje, sino como si en verdad hubiese prisa por borrar de una vez por todas esa larga sucesión de sinsabores que estorbaban a la reconstrucción de mi memoria desastrada: la muerte de Dertz Magoian, la manera en que llegué a Malombrosa, la añoranza de la Leoparda, mi cita con Plötz o simplemente la memoria de esa mañana inverosímil en que desperté empapado en sudor, sin saber quién era o dónde me hallaba, apenas apto para notar el calor que me atenazaba el cuerpo, las paredes mondas de mi habitación en el burdel, la encrespada cúspide de sábanas que no había tenido tiempo de entibiar porque acababa de arrojarme sobre ellas, sin quitarme el abrigo con que había querido resguardarme en mi trayecto al embarcadero, los guantes con que hacía unas horas había cometido la estupidez de auscultar el cuello roto de Eliah Bac. Por espacio de un segundo fui un relámpago de inconsciencia pura. La fiebre de entonces o la droga de más tarde despojaron aquellos objetos de cualquier significado, los vaciaron hasta hacerles parecer meras figuras, fogonazos tan ambiguos como el fulgor que nos traiciona cuando cerramos los ojos buscando en vano la total oscuridad.

Poco a poco, no obstante, la brisa de aquel día demencial entró por la ventana, enfrió mi cuerpo y me devolvió la noción de cuanto había ocurrido en el remolcador horas atrás. Entonces volví a escuchar con claridad el eco de los pasos de Leonidas Plötz alejarse aprisa por el muelle, y escuché también los míos cuando bajé al camarote para hallar a un hombre sentado de espaldas a mí, mudo e inmóvil, con la cara en alto, como buscando estrellas en el cielo raso. Iba a preguntarle qué hacía ahí cuando noté algo inusual en su postura. Con los ojos aún incrédulos del miedo anticipé su rostro bañado por un fulgor lunar, casi ambarino, refractado por las olas. E imaginé también sus jadeos recientes, su sorpresa de hojarasca ante el abrazo experto de quien estaba a punto de romperle el cuello, el ladrido de los perros cuando lo mataron en un lugar que no podía hallarse muy lejos de ahí, el silencio cómplice del mar cuando lo subieron al remolcador anticipando a su vez mi propia sombra a espaldas de la silla, resuelto a no acercarme pero incapaz de no hacerlo, de no mirarlo y reconocer finalmente el rostro que había visto en tantas fotografías, el pelo crespo, la barbilla aguda, las facciones recias aunque ahora dislocadas del infeliz que eligieron para que viviese y muriese como el hombre que el verdadero Eliah Bac nunca llegó a ser.

Pero no fue sólo la brisa en mi cuarto lo que esa mañana terminó por devolverme la consciencia. Fue también el miedo, el pánico henchido repentinamente por la certidumbre de haber sido traicionado por Leonidas Plötz, elegido por él para ser el asesino de Eliah Bac, un maremoto de miedo y rabia que no cabía en aquella habitación en la que por un tiempo llegué a sentirme a salvo. De pronto caí en la cuenta de que no me habían despertado los nudillos de la Leoparda y me inquietó pensar que la madame, de alguna forma, sabía que algo inusual había ocurrido conmigo aquella noche. Quizá incluso sospechaba que había vuelto de madrugada con el peso de un muerto en las pupilas. Lo habría intuido por el ritmo pesaroso de mis pasos al subir la cuesta, en mi manera de abrir la puerta de la mansión con sigilo de borracho, de ascender las escaleras y de quedarme no dormido, sino desparramado por la confusión y el cansancio: cada uno de esos actos me parece ahora una torpeza mayúscula, una confesión de culpa que se añade a mi desaliño sin que yo pueda reconocerme mientras me yergo en la cama y observo los huecos que han quedado donde antes estaban las pinturas que tanto gustaban a Marja, confusamente primero, luego con una alarma que no acabo de explicarme. Entonces procuro no hacer ruido y casi espero que no me encuentren. Quiero que me dejen solo, que también a mí me den por muerto. Sólo ansío disolverme para siempre, ser arrastrado por la brisa, no tener que escuchar de pronto la voz de la Leoparda ordenando a las muchachas que dejen de jugar a las cartas y se marchen enseguida, ese rumor de gallinero invadido, los portazos, los pies desnudos que suben a toda prisa por las escaleras, el roce de los cuerpos angustiados que entrechocan, se agolpan en la cocina, salen y se pierden en las calles del puerto mientras yo acabo de adquirir la consistencia que estaba a punto de perder.

De pronto el único pensamiento que me arraiga al mundo es mi preocupación por la seguridad de Marja. Con esa idea me he puesto de pie y he salido al pasillo para corroborar las escenas que antes sólo escuchaba: la desbandada, la puerta semiabierta de la estancia contigua, donde una chica ha terminado de juntar sus cosas en una maleta que apenas puede cargar. La detengo, le pregunto por Marja, pero ella está demasiado asustada para entenderme y apenas puede decirme que han asesinado a Eliah Bac. Luego corre también hacia la puerta trasera de la mansión y se pierde en la calle que bordea el acantilado, donde no la espera nadie, a ese pueblo donde sus compañeras han comenzado ya a perderse para evitar algo que aún no sabemos qué es. La veo alejarse y descubro que ha dejado caer en la escalera una muñeca extrañamente afelpada, mitad oso y mitad niña. La recojo, la aprieto en mi mano, comienzo a descender hacia el salón como un simio colosal bajaría de un rascacielos con su cautiva inerte. Llevo la esperanza de que también la Leoparda haya partido para dejarme solo en ese sitio desahuciado donde empiezo ya a asumir mi condición culpable, en esa casa a la que ya no pertenezco y donde voy sintiendo que no es la muerte lo que duele o lo que más tememos, tampoco la incertidumbre de hacia dónde vamos, ni siquiera el dolor del tránsito, sino el espacio que dejaremos vacío, las cosas que ya no serán miradas por nosotros, las palabras que otros irán a buscar de nuestros labios para encontrarse sólo con un hueco inmenso. Entiendo que, en mi caso, ese hueco no será muy elocuente, pero igual dolerá: dolerá el maletín médico que quedará guardado en una alacena de la cocina, dolerán los libros contables que la Leoparda deberá descifrar con impaciencia cuando me haya ido, los naipes que las muchachas tendrán que sacar de mi armario con una sensación de agravio o despropósito. Pero sé también que al final no les quedará más remedio que asumir mi ausencia, y entonces la Leoparda bajará una mañana a su oficina cuando todo haya vuelto a ser como antes, me borrará de sus registros, y sólo así comenzará a olvidarme.

Nos aferramos tanto a los futuros inminentes y probables, los construimos con tanta naturalidad, que después se vuelve insufrible no verlos verificarse. De improviso algo los desbarata, los aniquila como lo hizo la

Leoparda con el gesto imperdonable de no estar en otro sitio cuando alcancé el rellano de la escalera y la vi allí, indómita, apoltronada como una reina en su sillón preferido. Su rostro, que minutos antes se habría inflamado con la prisa de evacuar el edificio, reposaba ahora pálido y tranquilo en la cabecera de terciopelo rojo. Era como si la propia madame acabase de derramar sobre sus facciones una mascarilla lechosa que se hubiera endurecido hasta darle una apariencia de mármol funerario. El sol de las doce entraba a saco por el tragaluz del salón principal y acariciaba sus párpados cerrados con una dulzura que sólo puede verse en la naturaleza cuando cobija a sus muertos próximos o recientes. Al verla así pensé por un instante que aquella mujer tenía aún la fuerza de ánimo para vivir cien años, pero me equivocaba: más que a la confianza desmedida de sus recursos, la paz que entonces inundó su rostro se debía sobre todo a su resignación, y así me lo hizo notar en cuanto comenzó a hablarme con una sequedad que acusaba, sin embargo, una buena dosis de rencor y decepción.

—No se preocupe —me dijo masticando su boquilla con ese modo tan suyo para adelantarse siempre a lo que yo no me atrevía a decirle—. Si quiere saber dónde están sus horrendos cuadros rosados, puedo decirle que se los ha llevado su Marja. Salió ayer por la tarde, y sólo espero que no intente llevárselos fuera del país. —Había encendido un cigarrillo y fumaba con una fruición en la que ya se adivinaba un vago olor a despedida—. ¿Sabe una cosa, doctor? Nunca me gustaron estos cigarrillos de señorita. Si hubiera sabido que usted iba a estropearlo todo, no me habría tomado la molestia de dejar los habanos.

El escándalo de unos minutos atrás había sido reemplazado por un silencio de campana quieta. De afuera no llegaba todavía ninguna señal de alarma, pero el eco de la huida de las chicas y la amenaza invisible de la multitud retumbaban en mis oídos con una estridencia insostenible.

—¿No piensa marcharse? —le pregunté con franca alarma desde el rellano de la escalera. Pero la Leoparda no dio señas de haberme escuchado. Simplemente dio un trago a su vino, contempló un momento la vaga cicatriz de humo que le cruzaba el rostro y me dijo como quien habla sólo para matar el tiempo:

—¿Marcharme? Ésta es mi casa, doctor. Además, no es a mí a quien buscan. Es usted quien debería marcharse. Allá fuera todos están muy molestos. No les gustó nada que les quitaran a Bac, y justamente aquí, en Malombrosa. A este paso, sus amigos de la secreta no llegarán a tiempo para salvarle.

—No tengo amigos en la policía secreta.

—Están furiosos —siguió diciendo ella como si hablara consigo misma— .Y no es para menos: de verdad lo han hecho todo mal. Si quiere saber mi opinión, tendrían que haber terminado con ese teatro de Eliah Bac desde hace por lo menos dos meses, antes de que la gente se encariñara con él.

—Yo no he matado a nadie, señora.

—Por favor, doctor, no me trate como a una imbécil. No lo merezco. Tampoco su jefe era exactamente un duque, pero al menos sabía tratarme como a una dama.

—Le digo que no sé de quién me habla.

—De Magoian, desde luego. Créame si le digo que he conocido a muchos hombres en mi vida, pero ese gordo es el más listo de todos.

—¿Fue él quien le habló de Bac? ¿Le dijo algo el comisario sobre un hombre llamado Kirilos Grieve?

—Al contrario, doctor. Fui yo quien le contó algunas cosas sobre Bac y sobre el cerdo de Grieve. —La madame había comenzado a mostrar cierta alarma, como si de alguna forma mis respuestas estuviesen perturbando su esforzada tranquilidad. Mientras hablaba me miraba de soslayo, pero evitaba mis ojos como temiendo descubrir en ellos una versión de las cosas que no encajase exactamente con la suya. Entonces volvía a fumar, se llevaba la copa a los labios y me hablaba como si más bien acabase de apurar un largo trago de sangre fría—. No me mire así, doctor. Le sorprenderían las cosas que hombres como el sargento Grieve pueden confesar en brazos de una mujer. El comisario Magoian sí que lo entendía. Por eso vino a verme. Cuando le conté que Grieve había asesinado a Eliah Bac, dijo que alguien había querido engañarle y salió de aquí hecho una furia. Pero volvió esa misma tarde, recompuesto, muy entero, y me ordenó que no hablara con nadie de ese asunto. Supongo que para entonces tenía muy clara la idea de resucitar a Bac.

—El comisario Magoian ha muerto —la interrumpí con el deseo no razonado de quebrantar su sosiego; pero mi noticia ni siquiera pareció tomarle por sorpresa. Acaso sólo la sacudió un segundo, muy adentro, muy aprisa, apenas lo necesario para decidir que yo era la última persona en la tierra con quien deseaba lamentar la muerte del comisario.

—¿Cuándo? —preguntó.

—Hace dos meses. Sus hombres lo hallaron ahorcado en su oficina.

—Eso explica por qué tardaron tanto en decidirse a terminar con Eliah Bac. Magoian no lo habría permitido, no habría dejado que la mentira se les fuese de las manos. En vez de matar a Magoian tendrían que haberle dado una medalla. Les dio el enemigo perfecto, y ya ve cómo le pagaron. ¿Pero cómo va usted a entender esto? ¿Cómo va a importarle si no es más que un sicario que ni siquiera ha sabido hacer bien su trabajo? Esos disparos debieron de oírse hasta en Moscú. Si al menos lo hubiera acuchillado, nadie se habría dado cuenta de nada, y usted habría tenido tiempo de largarse de aquí tan tranquilo, como Marja.

—Ese hombre no era Bac, y estaba muerto cuando llegué al remolcador. No hubo disparos; le rompieron el cuello.

Más que iracunda, mi respuesta debió de ser en verdad desesperada y convincente, pues sólo entonces pude ver en la Leoparda la desnudez, el desamparo del vencido y la tristeza del cómplice. No puedo concebir a estas alturas las cosas que entonces pensó en decirme. Sólo alcanzo a escuchar las que dijo, arrojando su cigarrillo con un encogimiento de hombros.

—¿Y qué más da, doctor? Afuera todos piensan que ese pobre desgraciado era Eliah Bac y que usted lo mató. También a usted le conviene empezar a creerlo. De cualquier modo, le confieso que este asunto me da un poco de pena. Empezaba a acostumbrarme a usted.

Me he repetido esas palabras infinidad de veces, y en todas ellas les he dado una interpretación distinta, nunca alguna que me agrade o me redima, ninguna que pueda al menos tomar la dirección de mis deseos: culpar a Dertz Magoian, revivir a la Leoparda, justificar mi estupidez o mi vergüenza por haber sido un instrumento tan predecible en manos de quienes crearon a Eliah Bac para luego aniquilarle. Miraba a la Leoparda y pensaba que ni siquiera el propio Bac habría sido tan dócil como yo, ni siquiera su fantasma había resistido la tentación de rebelarse cuando tardaron en matarlo o en enviarme a matarlo, cuando sus creadores no fueron capaces de sospechar que, a fuerza de tanto alimentar su mito, su ausencia sí dolería o que alguien, ese día o cualquier otro, iba a ser capaz de creer tan firmemente en su leyenda que no lo pensaría dos veces antes de sumarse a una turba enardecida, antes de llegar a la mansión de la colina donde la Leoparda me miraba enmudecer en el rellano de la escalera, antes, en fin, de arrojar por la ventana una granada vengativa y apagar con ella el cigarrillo de la persona equivocada.

Sólo ahora alcanzo a comprender que mi temprana sumisión a colaborar con el médico de la fortaleza era precisamente lo que más le exasperaba. Ante su mirada experta y curtida hasta el hartazgo por decenas de adoctrinamientos similares, mi mansedumbre de esas jornadas tuvo que parecerle insultante, un obstáculo colosal para engendrar convicciones en quien nunca las había tenido. Sin duda habría resultado más sencillo para él lidiar con un legítimo asesino, vencer las resistencias de un fanático antes que enfrentarse con alguien como yo, ajeno desde siempre a ningún tipo de fe, inepto incluso para la mentira, obediente sin fervor ni valentía a cualquiera que se alzase un milímetro por encima de mí. Cuando pienso en los dolores de cabeza que debí de causarle en esos días comparto su aprehensión y revivo con cierta culpa la mañana en que su reloj de oro marcó la hora que él tanto temía. Acuciado por aquel plazo impostergable, no le quedó más remedio que creer en mi conversión y me entregó a sus superiores con la esperanza remota de que sabría cumplir con las funciones para las que había querido prepararme. También yo intuía que era demasiado pronto para representar mi papel de salvador de la Revolución, pero igual me dejé llevar sin darme cuenta de que tanta docilidad acabaría por perderme.

Como a esas alturas mi cuerpo comenzaba ya a desarrollar una adicción a la sulfazina, esa mañana el médico me despidió con una inyección de diez gramos que me tenía parcialmente desmedrado cuando vinieron a por mí. Una ducha de agua helada me reinstaló en una lucidez abotargada, de ésas que nos permiten darnos cuenta de lo que ocurre alrededor sin que podamos hacer gran cosa para alterarlo, no digamos remediarlo. De pronto me encontré en un amplio salón que en nada invocaba las camas, los muros, la blancura ambiguamente hospitalaria que acababa de dejar atrás. Estaba tan aturdido que no alcanzaba a comprender de dónde provenía tanta gente, a quién le hablaban o qué pretendían las numerosas siluetas que se movían de un lado al otro del salón. Entonces, justo al pie de un vitral de motivos árabes, distinguí a una mujer que se inclinaba para decirle algo a un anciano lívido que la escuchaba sin parpadear. El cuerpo de la mujer me estorbaba para distinguir plenamente el rostro del viejo, pero aun así percibí enseguida el aire vagamente familiar de su uniforme tapizado de medallas, de sus manos largas, casi femeninas, y ese porte acartonado que acabó por remitirme a las estatuas, las monedas, los carteles inmensos y los discursos televisados con que el Gran Brigadier había ido construyendo el culto a su persona como parte lógica y consecuente con el triunfo de la Revolución.

Pero este hombre no era más que un remedo de aquél, un muñeco mal estofado, mucho más viejo, cerúleo, maquillado por la mujer que al principio pensé que era su acompañante y que acabó por apartarse para contemplar su obra con más espanto que satisfacción. Junto a ella, un oficial de escasos veinte años estudiaba al viejo a través de una sofisticada cámara fotográfica. Miraba, maldecía, volvía a mirar, exigía menos luz y ajustaba sin ceremonia una estructura invisible que estaría bajo las ropas del modelo y que le hacía erguirse o relajarse a capricho de aquel joven titiritero.

La cámara, el barullo, aquel muñeco desvaído y su resorte milagroso, bailotean hoy en mi memoria como salidos de una de esas películas mudas que tanto me asustaban cuando niño. Convencidos de que un día acabarían por gustarme, mis padres me obligaban a quedarme hasta el final de la función y no parecían tranquilos hasta oírme soltar una enervante carcajada que desde entonces ponía en evidencia mi temor al castigo, mi sumisión, la escalofriante inercia con que una tarde de muchos años después obedecí la orden de estrechar la mano del viejo mientras trataba de olvidar la sensación de que, si lo soltaba, el muñeco entero se vendría abajo con un desbarajuste de andamios, gritos y bombillas reventadas. Sólo el fogonazo incesante de la cámara consiguió mantenerme ahí, sonriente, pasmado, también sostenido por el lánguido cordel de mi obediencia, estrechando aquella mano inerte que tuvo de pronto el mal designio de recordarme la mano del comisario Dertz Magoian, no porque tuviese en realidad alguna semejanza física, sino porque también esa vez me pareció que al estrecharla firmaba un pacto cuyas cláusulas desconocía.

La sesión debió de durar escasos diez minutos. No obstante, cuando me hicieron la última fotografía estaba ya convencido de que no tenía las fuerzas ni el deseo para seguir adelante. Me sentía como si hubiese presentado la primera parte de un examen crucial al que aún le quedaran hojas, ecuaciones y preguntas cuya solución ya no estaba seguro de conocer. Vagamente, sin embargo, comenzaba a pensar también que aquel examen en realidad me importaba muy poco. Ni la vehemencia del médico del reloj de oro ni la sofisticación de aquel tinglado fotográfico devolverían la vida a Dertz Magoian o a la Leoparda, pero tampoco podrían arrancarle a Marja la libertad que yo le había conseguido. Al menos en eso había logrado vencerles. Por una vez había resuelto a mi manera una ecuación al parecer irresoluble, y no habría en adelante quien pudiera quitarme la satisfacción de no tener ya nada que perder.

Si acaso, la única certeza que nos queda cuando hemos renunciado a todo es lo que los demás dicen saber de nosotros. Bien podemos resistirnos a creerles, defender por un momento lo que pensamos haber hecho o vivido, pero al final es siempre la versión de los otros, convincente y enfática, lo que acaba por seducirnos, lo que termina por hacernos lo que somos. Cuando hablamos o nos contemplamos en el espejo pensamos por momentos que ésa es nuestra voz y que son realmente nuestros rasgos los que vemos, nunca por completo detestables o vetustos, más bien congelados en esa edad en la que cierta vez decidimos instalarnos porque entonces nos sentíamos aceptablemente bellos y perdonablemente jóvenes. Llega, sin embargo, el día en que oímos una grabación de nuestra voz o vemos nuestros rasgos en una fotografía y lo que más nos alarma no es el trabajo que nos da reconocernos, sino la tranquilidad con que los demás aceptan que esa voz y esos rasgos son inapelablemente los nuestros, lo que ellos escuchan, lo que ellos ven y que, por ende, es verdadero.

No hace mucho pude ver una de las fotografías que me hicieron mientras estrechaba la mano incierta del Gran Brigadier, y lo mismo me sorprendió verle a él tan joven como a mí tan viejo. Era una fotografía en blanco y negro, publicada en un antiguo número del diario oficial del Partido. Apenas me dejaron verla, pero aun así alcancé a leer mi nombre en un titular rimbombante donde me llamaban el Héroe de Malombrosa. Más abajo vi también las declaraciones que esa tarde decidí no repetir, el libreto que olvidé de punta a cabo cuando me llevaron a otra sala más pequeña donde se multiplicaron las cámaras, los fogonazos, los rostros ávidos que me miraban como a un salvaje al que acabaran de encontrar en una isla que creían desierta. Fue entonces cuando un periodista que debía de ser inglés o americano me preguntó mis motivos para haber ejecutado a Eliah Bac, a lo que yo sólo pude o quise responder que Bac llevaba muerto por lo menos treinta años y que su nombre había sido adoptado por el régimen para desacreditar a la democracia. No enuncié ni recordé nada de lo que me había dicho el médico que recordara. No listé cada una de las atrocidades que habría visto cometer a Bac en los años que supuestamente combatí a su lado, no describí su barbarie, la risa que le daban sus aliados de la CIA o quienes aún creían en su promesa hipócrita de una libertad de la que él mismo se burlaba porque era sólo una ilusión, una promesa de saqueo disfrazada de filantropía. No dije, en suma, lo que querían que dijera. Por una vez honré la memoria de Dertz Magoian, les arruiné el juego, como él decía, y no me importó nada cuando evacuaron apresuradamente la sala pretextando que estaba enfermo y me arrastraron aquí para curarme con una medicina que aquella tarde estuvo a punto de matarme.

En el blanco incandescente se dibuja de golpe una figura, un rostro familiar que, sin embargo, ya parece otro, mi mentor, el médico de la fortaleza auscultando mis pupilas, la mano que me busca el pulso y lo mide en el segundero de su reloj de oro, la bata que se distiende y se aparta para dejarme ver otras figuras en el cuarto: un hombre óseo que fuma con estudiada displicencia a horcajadas de una silla metálica, una enfermera que alinea o guarda jeringuillas en un botiquín negro, otro hombre del que sólo alcanzo a distinguir los ojos porque se ha inclinado sobre mí como si fuera a besarme o morderme. Algunas noches me despierta aún su asfixiante cercanía, el olor de su loción, la mano que no veo pero que siento apretarme la barbilla: firme, inclemente, consumada en el arte de provocar miedo, más exacta que la mano del médico, que se ha alejado de nosotros como anunciándome que ha pasado a ser un personaje secundario en el gran teatro de mi conversión. Quiero buscarlo con la mirada, pero el hombre que no veo impide que me mueva, me sostiene la mandíbula para que no deje de aspirar su aliento repugnante o escucharle cuando me habla con su rabia desgastada de torturador experto.

—Hemos sido muy pacientes con usted, amigo. Demasiado, a mi gusto. Cualquier otro en su lugar se habría sentido honrado con esta oportunidad.

Al fin alcanzo a distinguir una porción de su pelo, muy corto, cenizo, incompatible con la negrura de los vellos que descubro en el dorso de su otra mano cuando la acerca a mi oído estrechando una pequeña caja plateada. De inmediato me dispongo a descubrir qué nueva suerte de dolor podrá provocarme ese instrumento, pero tardo en saberlo. Un crujido como de hojas muertas sale de la caja, se prolonga interminablemente mientras el hombre me dice:

—No crea que me complacen estos métodos, pero no nos ha dejado más remedio.

Entonces la oigo, reconozco su voz entre el aire perturbado de una grabación. Al principio me parece que no es ella, no la distingo claramente bajo un rumor de puertas que se cierran y de objetos planos que caen al suelo o que son depositados con descuido sobre una mesa, pero la voz de Marja se aclara por fin en mis oídos, se alenta y tiembla cuando repite mi nombre insistiendo en que fui yo quien le dio aquel pasaporte, nadie más. Otra voz que apenas distingo le pregunta algo que ella evidentemente está harta de escuchar. No, responde ella, no sabe nada de Eliah Bac ni conoce al tal Leonidas Plötz, camarada, le digo que el doctor me dio el pasaporte, me quería, qué sé yo, cosas de viejos. La oigo y puedo verla en una celda del aeropuerto, la veo sentada, con las manos en el regazo y su inmensa cabellera negra desmayada en el respaldo de una silla metálica. Frente a ella se sienta un hombre o una mujer extraídos de sus más hondos temores, un interrogador apenas distinguible porque el cuarto está a oscuras o porque también a ella la han puesto bajo un reflector que le transpira el ceño, los ojos hondos, los labios que me culpan, ese rostro perfecto que me niego a ver deshecho como he soñado tantas veces a mi bella levantina, ese fantasma de mis remordimientos que arbitrariamente insisto en creer que es la madre de Marja.

—¿Qué le han hecho? ¿Dónde está? —pregunto al aire sin que alcance mi rabia para liberarme de la mano que me aprieta todavía la mandíbula.

—Tranquilo, doctor —replica el hombre que fumaba en la silla metálica—. Su amiga estará donde usted quiera que esté, siempre y cuando se quede en el país y usted se decida de una buena vez a cooperar con nosotros.

Marja me habla todavía al oído, pero no hace falta que siga escuchándola. No quiero hacerlo. Lo único que ahora ansío es que esa mano me libere, no para rebelarme, sino para que todos, la enfermera, el médico, el hombre de la silla y el que sostiene la grabadora, puedan calibrar la dimensión de mi entrega, la eficiente retórica de mi docilidad. Quiero demostrarles que me han vencido y que esta vez sabré hacer o decir lo que me pidan, sin engaños, sin dudarlo, cuanto antes, como si cada una de mis palabras tuviese el mágico poder de evitar que un puñetazo o un puntapié mancillen el rostro de Marja. Quiero, en suma, comenzar a creer en algo y decirle al médico que ni siquiera tendrá que inyectarme, pues el odio que sentía por Eliah Bac ha terminado de envenenar mi cuerpo y ahora en verdad deseo con toda el alma haberle asesinado.

A partir de ese día fueron y vinieron por un tiempo numerosos periodistas, a veces a la fortaleza, a veces a salones preparados para la prensa extranjera, y yo les hablaba con tanta convicción como leía las cartas de Marja, sus fatigas, sus pequeños avatares cotidianos, su regreso a Malombrosa, su frustración para iniciar una carrera de arte que sólo la condujo a lupanares sórdidos donde se hacía más visible la ausencia de la Leoparda. Leía sus reproches y no me era indiferente que ella o el mundo pensaran que yo había matado a Eliah Bac. Con el tiempo dejé de preguntarme por qué me habían elegido a mí para salvar a la Revolución, quién había roto el cuello del desgraciado sosia de Bac o quién había disparado luego sobre su cadáver para llamar la atención de la gente y casi arruinar los planes de la policía secreta. Símplemente me resigné a habitar en una historia donde algunas preguntas carecían de respuesta y preferí llenarme de orgullo cuando los periodistas azorados tomaban notas de los detalles de mi crimen. Inventaba para ellos infinidad de pasajes de la vida trashumante de Eliah Bac, sus arranques de crueldad inconcebible, sus tratos con personas que habrían matado de vergüenza a los más fervientes defensores de la democracia. Exageraba también mi celo revolucionario y mi solitaria ingenuidad fanática, pero si alguno de los periodistas extranjeros daba señas de querer entresacarme un punto a favor de Bac, le desarmaba con argumentos tan claros que habrían merecido acaso defender mejores causas.

Lo inventaba y lo creía todo, disparaba cotidianamente sobre el cuerpo de Eliah Bac, y si pasaba demasiado tiempo entre un periodista y otro, me preocupaba que alguien más fuese a revivir al terrorista o que de pronto mi papel se hubiese vuelto innecesario o insuficiente para defender la existencia de Marja. Entonces venía otra carta, me concertaban alguna entrevista rezagada, la visita del médico que al principio se felicitaba por el notable progreso de mi curación y aseguraba que muy pronto, cuando las cosas se hubiesen tranquilizado y los últimos devotos de Eliah Bac hubiesen desaparecido, podría abandonar la fortaleza para llevar una vida tan normal como pudiera permitírselo un héroe de la Revolución.

Pero aquel día dichoso de mi liberación estaba mucho más lejos de lo que él mismo pensaba cuando lo prometía. Con el transcurso de los meses las cartas de Marja se espaciaron de manera alarmante y las entrevistas menguaron hasta desaparecer. Cuando preguntaba al médico si veía alguna falta en mi actitud, él se limitaba a revisarme como si apenas me conociera, de pronto taciturno, ahora abismado en una idea que le emponzoñaba el ánimo y que comenzaba incluso a dejar marcas indelebles en su aspecto. A tal extremo había adelgazado que su incontestable reloj bailaba ahora en su muñeca sin que él se tomase nunca la molestia de ajustarlo. Su rostro había adquirido una tonalidad cetrina y su barbilla inmaculada se tiznaba ahora con una barba que cada día iba añadiendo un punto a la creciente suma de su desaliño. Se diría que también él había adquirido alguna enfermedad terrible para la que no había cura y a la que comenzaba a resignarse como quien ve partir un tren en una estación desierta.

Relegado así por mi único contacto con el exterior, no me quedó más remedio que hundirme en un tiempo neutro donde la cabeza se me fue anegando de temores y sospechas inverificables. Esperaba, yacía durante horas en mi cama como si deseara que alguien viniese otra vez a amarrarme. Atesoraba el insomnio porque temía la traición incontrolable de mis sueños, escuchaba con avidez el trajín de la fortaleza y me parecía de pronto que afuera había un silencio inusitado. A veces temía que me hubiesen dejado solo y otras deseaba que lo hubieran hecho. Intuía que afuera estaba ocurriendo algo terrible, y contemplaba mi abandono tan claramente como el esquivo día de mi libertad, y me hacía ilusiones vagas de una vida renovada en la que, sin embargo, no creía.

Finalmente, una tarde pareció llegar la hora tan ansiada y tan temida de mi liberación. Hacía algún tiempo ya que el médico de la fortaleza había dejado de visitarme, de modo que no me sorprendió gran cosa no reconocer los rostros de quienes me sacaron de la cama y me llevaron al mismo salón de vitrales con motivos árabes donde tiempo atrás me habían fotografiado con el viejo Brigadier.

Esta vez el salón me pareció más parco, sin adornos ni banderas, cobijado en una austeridad tan maniática como lo fuera el despliegue escenográfico de antaño. En el sitio donde antes había estado el Gran Brigadier se hallaba ahora una mesa larga y descascada a la que se sentaban tres hombres y dos mujeres que de inmediato me recordaron la aburrida aritmética de los exámenes, los juicios y las consultas oficiales con que el Partido acostumbraba discernir lo mismo nuestras culpas que nuestras virtudes. Más que alarmarme, el carácter judicial de aquella escena me inundó de calma. Había repetido mi papel de asesino tantas veces y con tal certeza, que a esas alturas un error de mi parte resultaba impensable. Definitivamente estaba listo para enfrentar esa última prueba de mi culpa, y así lo hice notar cuando me entregaron una hoja amarillenta de periódico y la mujer que presidía la mesa me preguntó si podía identificar al hombre de la fotografía.

—Soy yo —respondí orgulloso aunque un tanto extrañado de ver al fin aquella imagen que llegué a creer inexistente. La mujer entonces ordenó que me quitasen la hoja, escribió algo en su cuaderno y volvió a su interrogatorio.

—¿Por qué le tienen aquí?

—Porque he matado a Eliah Bac.

—¿Por qué lo mató?

—Porque era un enemigo de la Revolución y un asesino de personas inocentes.

—¿Quién le ordenó matarlo?

Con mínimas variantes, las preguntas comenzaron por ser las mismas que había escuchado infinidad de veces, y casi me aburría tener que responderlas de nuevo como si aún quedase algo por revelar de mi crimen. Esa tarde, sin embargo, mis jueces se mostraron francamente interesados en mis respuestas: escuchaban, se removían, tomaban notas incesantes e intercambiaban miradas de desaprobación o escándalo cuando mi seguridad rayaba en el desparpajo. Me parecía por momentos que eran ellos quienes tenían que pasar la prueba máxima del fingimiento y comportarse como si en verdad dudasen de mi culpa y estuviesen ahí para constatarla. Entonces recordaba mi condición y hacía lo posible por refrenar mi soberbia.

No sabría decir ahora cuántas preguntas pasaron antes de que el interrogatorio diese un giro inesperado. Debieron de ser muchas, pues las figuras del vitral se habían disuelto ya cuando uno de mis jueces arrebató la palabra para decirme:

—La tarde en que le fotografiaron con el Gran Brigadier, usted declaró a los periodistas que Eliah Bac en realidad no existía. Dijo que el propio Partido lo había inventado y que el verdadero Bac murió cuando era apenas un adolescente. ¿Por qué lo dijo?

Recuerdo fugazmente el vahído de terror que me invadió en ese momento, mi rostro encendido cuando pedí a mis jueces que repitiesen la pregunta, el repaso inútil de la inquisición que me habían enseñado a esperar. Por más que lo intenté, no conseguí recordar nada relativo a esa parte de mi historia. Tampoco pude explicarme por qué de pronto me preguntaban precisamente eso, por qué traían a colación aquello que antes se habían esmerado tanto en enterrar. Desnudo al fin, descompuesto por aquel golpe inusitado, la única salida que entonces pude encontrar fue justo aquella razón que alguna vez me había puesto a merced del comisario Dertz Magoian.

—Lo dije porque estaba enfermo. Pero ahora estoy curado.

—¿Cómo sabe que estaba enfermo?

—Porque estoy en un hospital.

—¿Considera usted que aquella declaración sobre Bac fue resultado de su enfermedad?

—No puedo decirlo. No soy psiquiatra.

—Pero es médico. Alguna idea debe de tener.

—No, no la tengo. Cuando llegué aquí padecía una esquizofrenia de síntomas muy tenues, producto de mi adicción a la ectricina. Una persona en esa condición no tiene idea de que está enferma.

—Bien, olvide las preguntas de la enfermedad. Díganos, cuando usted declaró que el Partido había inventado a Bac, ¿pensaba que estaba haciendo lo correcto?

—Estaba muy enfermo entonces. Hice lo que estaba bien hacer en la medida que mis ideas eran normales en una persona enferma.

—¿Estaba también enfermo cuando mató a Eliah Bac?

—No lo sé.

La sesión se prolongó de esta forma durante horas o minutos infinitos. Las preguntas y las respuestas, mi inocencia y mi culpa, mi razón y mi locura giraron sobre sí mismas hasta que mis jueces se dieron por vencidos. Entonces me dejaron ir como quien se deshace de un objeto inútil, cerraron sus cuadernos y me entregaron a un guardia colosal que me llevó en silencio por un pasillo interminable. En alguna parte del trayecto descubrí en su mano izquierda el reloj de oro que había pertenecido a mi mentor. Iba a preguntarle de dónde lo había sacado cuando llegamos al final del pasillo. Sólo entonces el hombre se detuvo, abrió la puerta de una celda y me empujó en ella diciendo:

—Tiene suerte de que las cosas no sean ya lo que eran antes. Con esto de la democracia se perdona hasta a los cerdos. Si por mí fuera, usted estaría muerto hace mucho tiempo.

Estoy así desde entonces, desbaratado más por el recuerdo del reloj de ese guardia que por sus palabras o el empujón que me dio para meterme en esta celda. Estoy aquí, recordando, cobijado en un delirio poltrón

donde mi consciencia se muerde la cola con una vaguedad que nunca alcanza a disipar la luz del día. Estoy
aquí crucificado en la memoria desmedrada del hombre que ya no soy, disuelto por una riada de rostros, actos e imágenes que lo mismo tienen la incoherencia de
la vida real y la indescifrable lógica de las pesadillas: el
comisario Dertz Magoian, calculador, leal, ocultando
su ambición bajo su máscara de hombre apocado; la pequeña Marja, abandonada hace años en una habitación
oscura, atenta a los sonidos de la noche e ignorante de
que otra niña en otra ciudad comienza ya a usurpar su
futuro en la mente del hombre que traicionó a su madre; la turba desbocada que arremete contra un burdel
en el confín del mundo para linchar a un extraño que
piensan que ha matado al hombre que en realidad lleva
treinta años muerto, el mismo forastero cuya mano es-
trechó meses más tarde la mano pálida del Gran Brigadier mientras iba comprendiendo que los súbditos de
un rey semejante no podían menos que ser también espectros empolvados, sostenidos por una estructura que
el ojo de las cámaras no muestra pero que está ahí,
esperando que alguien más decida destruirla para que
esa mano deje de apretar cuellos, de empuñar armas temibles o los bolígrafos de punta platinada que ese día
vi asomarse de su casaca y con los que él habría firmado tantas condenas, tantas condecoraciones como la
de este enfermo que hoy lo recuerda con un estremecimiento. Este enfermo que será todos y nadie según lo
ordenen las circunstancias, como aquel prisionero de
novela: un número sin nombre en las mazmorras de un
país lejano, un enmascarado en hierro que nadie sabe
en realidad quién fue, y que por tanto ha sido lo que los
otros han deseado que sea, adoptándole indistinta-

mente según los arrastra la corriente insostenible de la paz o la guerra.

De niño me gustaba leer esa historia; la leía y pensaba que yo también llevaba sobre el rostro una máscara de hierro. Sentía que era al mismo tiempo el cautivo y el rey que usurpaba su trono. Y era también la multitud que arrasaba la Bastilla demasiado tarde para rescatarme, apenas a tiempo para encontrar en los archivos de la fortaleza un registro no con mi nombre, sino con mi número de celda y la descripción de mi aberrante circunstancia: el hombre de la máscara de hierro, muerto en cautiverio, materia dispuesta para que la imaginación colectiva me convierta en lo que quiera cuando una dosis mal medida de droga acabe de destruirme, cuando saquen mi cuerpo inerte de esta celda y guarden en un cajón mis cosas, las cartas de Marja, la condecoración del Gran Brigadier. Ese día desapareceré del mundo, pero seguiré existiendo en la memoria de aquellos a quienes inventé, los que me odian, los que pudieron amarme, los que aún me necesiten. Seguiré siendo en sus memorias: seré el asesino de Eliah Bac, el provisorio salvador de la Revolución, el traidor de la democracia o simplemente ese interno ajado por su larga adicción a la ectricina que sollozaba en su celda y que luego, cuando la tarde comenzaba a desplomarse sobre la fortaleza, hablaba mucho, hablaba en voz alta para que todos le escuchásemos hablar, quizá para torturarnos contando no sé qué delirante historia sobre cómo asesinó a un hombre del que sólo han oído hablar los más viejos, un tal Eliah Bac. Algunos dicen que ese Bac fue un bandolero, otros un brumoso personaje de la transición, una víctima conspicua del Partido cuyo rostro figuró en una moneda que dejó de existir tan aprisa como el gobierno provisional que la acuñó, un terrorista a sueldo de la CIA cuya estatua estuvo un tiempo erigida en cierto puerto remoto donde dicen que nació o le mataron, no se sabe bien, como no se sabe tampoco si la estatua sigue ahí, pues el hombre que habla mucho dice que su hija o su amante le ha contado en una carta que la estatua ha sido mancillada tantas veces que las autoridades se han cansado de despintarla y han preferido removerla, destruirla o desplazarla a otro puerto, a una plaza más discreta donde nadie recuerde quién fue. Por eso asegura el hombre que hoy no consta que el tal Bac haya existido ni que él lo haya matado, aunque lo citen los libros escolares que es preciso corregir año tras año según convenga a quienes nos gobiernan. De cualquier modo lo mencionan confusamente, como si en efecto nadie estuviese seguro de si existió un hombre llamado Eliah Bac y que lo mató ese viejo que dicen que fue soplón de la secreta en los años del comunismo, y que habla mucho, y que nos cuenta cosas que en realidad nunca llegamos a entender porque el pobre diablo ni siquiera parece tener una idea clara de quién fue o quién pudo ser ese cautivo, que a veces llega al extremo de asegurar que él es Eliah Bac. Al verle así nos preguntamos cómo será perder el juicio de esa forma, cuánto nos falta para alcanzar ese extremo, cómo habrá llegado ese viejo hasta aquí, en qué momento lo trajeron, denunciado por quién, traicionado por quién, o cómo será su celda, que sin embargo no puede ser muy distinta de las nuestras, de paredes blancas, de barrotes gruesos a los que una tarde se aferró para cometer la estupidez de llamar por su nombre a un gigantón que acababan de arrestar. Entonces uno de los guardias le dio un fuerte golpe en los nudillos y el gigantón lo maldijo. Esa noche, el hombre habló más de la cuenta, vinieron por él de madrugada y sólo volvimos a verle días más tarde, babeante, idiotizado por las inyecciones, perplejo como un fantasma que no acaba de explicarse por qué la ultratumba es exactamente igual al mundo del que un día creyó escapar.

Londres, 2001-Fontemassi, 2003.